古代游赏诗词三百首

中华好诗词主题阅读

萧少卿 编著

中国国际广播出版社

前　言

　　我国古典文学源远流长，已有几千年的历史。游赏文学是文学发展过程中出现的一种文学现象；虽然较为晚出，但如从其形成的魏晋南北朝时期算起，也有一千余年的历史了。游赏诗词是指因"游玩观赏"而记的一类诗词，其主要内容就是记叙作者游览时的情景及其感受。这类文学作品以自然景物为主要描写对象，而又常常有所寄托，既描写和再现自然美，又反映一定的社会内容。游赏诗词的内容十分广泛，园林亭馆的游赏，旅途风物的见闻，名山大川的描绘，异国风光的记叙，举凡旅游途中登临凭吊、游历观赏所写的诗词都包括在内。

　　我国古代游赏文学不仅源远流长，而且丰富多彩，涌现出大量的名篇佳作，不少还是广为传诵、脍炙人口的。比如我们春游杭州西湖，看到那晴天水光潋滟、雨来山色空濛的景色，就会想起苏轼《饮湖上初晴后雨》中那广为传诵的名句："欲把西湖比西子，淡妆浓抹总相宜。"夏游杭州西湖，看到那无边无际、蓬蓬勃勃开放的荷花，就会想起杨万里《晓出净慈寺送林子方》中那有名的诗句："接天莲叶无穷碧，映日荷花别样红。"

　　在我国漫长的历史长河中，游赏诗词有其孕育、产生和发展的过程。在漫长的古代社会中，尽管多次改朝换代，但许多优秀的游赏作品并未因此而减去艺术光彩，仍为历代读者所推崇、传诵，可以说其艺术生命经久不衰，就是对今天的读者来说，仍有较高的鉴赏价值和借鉴意义。

我国的游赏文学由先秦时期萌芽，至汉魏六朝时期形成。汉魏之际，社会动荡，读经求仕的知识分子，有的退居田园，乐山悦水，有的投身时代潮流，冲破儒学禁锢，对社会人生进行了新的思考，自然山水开始成为人们游赏和描写的对象，纪游文学开始形成。曹操、曹丕等便是这一时期纪游文学的代表作家。殆至两晋南北朝，以描写山水为内容的游赏诗大量涌现，谢灵运、鲍照、沈约、谢朓、何逊等一大批游赏作家都取得了较高的艺术成就，游览活动蔚然成风，甚至出现人数众多的雅集游赏，如金谷之会、兰亭齐集、石门之游等。出身高贵却仕途失意的谢灵运寄情山水，探奇访胜，常与"族弟惠连、东海何长渝、颍川荀雍、泰山羊睿之，以文章赏会，共为山泽之游"。这一时期，自然山水作为独立的审美对象进入文学作品，从而成为我国文学进入一个新时期的重要标志之一。

唐、宋是游赏诗的发展和兴盛时期。初唐四杰的诗作真切地反映游历所见，有景有情，出现了南朝诗歌中所缺乏的那种清新、质实、雄浑刚健的气息。诗文革新的倡导者陈子昂，提倡汉魏风骨，在纪游中抒发了激昂悲壮的情感。孟浩然是盛唐游赏诗创作开风气之先的诗人。孟浩然曾漫游吴、越等地，其旅游登览诗作，清新自然，清淡中有壮逸之气。略晚于孟浩然的王维，他的游赏诗，诗中有画，意境优美。其他如储光羲、常建等人，追求宁静明秀的美，也有值得称赏的游赏作品。以刚健清爽和壮大雄浑闻名于世的高适、岑参等边塞诗人，其游赏诗作多写于赴边路上和军旅之中，描绘边地奇异风光，诗中不乏慷慨从戎、安边定远的豪情。

在盛唐灿若群星的纪游诗人中，光彩夺目的当推李白、杜甫。"五岳寻仙不辞远，一生好入名山游"，李白步履所至，遍及全国，所作游赏诗风格雄奇奔放，具有浪漫主义特征。杜甫的游赏诗反映出时代风貌，称得上是一部内容深广的游记。柳宗元在贬地永州、柳州所作的纪游诗，含蕴着许多慷慨不平之气。其他如杜牧、白居易、李商隐

都各以其独具风格的诗作，丰富了游赏诗的宝库。

宋代的历史背景造就了宋代文学的特色。宋代的游赏文学也在这一历史条件下得到了进一步的发展，并形成了自己的特点。苏轼的游赏诗不但描写了壮丽的巴山蜀水、秀丽的西湖景色，而且还描写了奇异的海南风光。他的游赏诗气势磅礴，想象丰富，自由奔放。陆游几乎无时无刻不在思念着中原河山，充满着杀敌报国的雄心壮志。杨万里和范成大的游赏诗在描写山水景物和田园生活方面也表现了新的特点。词是宋代纪游文学中一种新的文学样式。欧阳修和柳永的游赏词除了描写山水景物以外，还描写游子的离别相思之苦，这是游赏诗词中很少出现过的内容。特别是柳永，写了大量的描写羁旅行役的作品和描绘城市风光的纪游词作，扩大了词的题材，也丰富了游赏诗词的内容。秦观在文学语言的提炼和加工以及意境的创造方面，周邦彦在词的格律、结构和炼词造句、塑造形象方面，都取得了新的成就。伟大的爱国词人辛弃疾是宋代文人中最杰出的典范。他在观山览水、登临怀古之际，书写中原沦陷的痛苦、杀敌报国的雄心和壮志难酬的悲愤，表现了深沉热烈的爱国情感。他的游赏词继承并发展了苏轼的豪放词风，在语言的散文化和典故的运用方面也别具特色。

明、清时代，除了诗文大家如高启、袁宏道、王士禛等创作游赏诗词以外，还出现了一批专事游历并以创作游赏诗文著称的作家，祖国山河都布满了他们的游踪诗迹。

本书的编选，以三曹的游赏诗为起点，延续到晚清。选录的过程中，本着兼顾题材内容的丰富性和风格的新颖性以及不同时代、不同诗人作品兼收并蓄的原则，对于自魏晋以来历朝历代重要的游赏诗作作了重点选录，其中尤其突出选录了唐代宋代的游赏诗词，作品达两百余首，占全书二分之一强。在唐宋诗人中，又重点选录了王维、李白、杜甫、高适、岑参、周邦彦、苏轼、陆游等人的经典诗作。在选录作品的体裁上，兼顾诗词作品，但又以诗歌为主，词作为辅。入选的作品既有大家之作，也有无名氏乃至民间的创作，目的是尽量丰富地展现游赏诗词的不同风貌。在编写体例上本书采用以作者时代先后为序，诗词间杂的形式，目的在于方便读者了解同一时代环境下诗人创作的风格差异。但是，由于时间和学力的限制，虽穷心竭力，但挂一漏万之处在所难免，不当之处，敬请方家正之。编写的过程中，诸多优秀的相关诗词选本及研究著作使我受益良多，在此对其作者一并深表感谢！

萧少卿

2014 年 2 月 28 日

目 录

目 录

目 录

目录

目 录

目 录

目 录

目 录

目 录

目录

目 录

目 录

目 录

目 录

芙蓉池①作

三国魏·曹丕

乘辇②夜行游，逍遥步西园。
双渠相溉灌③，嘉木绕通川④。
卑枝拂羽盖⑤，修条摩⑥苍天。
惊风扶轮毂⑦，飞鸟翔我前。
丹霞夹明月⑧，华星出云间。
上天垂光彩，五色一何鲜。
寿命非松乔⑨，谁能得神仙。
遨游快心意，保己终百年。

【题解】

这首诗描述了西园芙蓉池畔的优美夜景和作者的愉悦心情。西园，相传为汉末曹操所建，故址在邺城。诗中所写景物动静结合，上下结合，描绘出一幅色彩瑰丽、美不胜收的西园夜景图。诗的最后抒发游园的感受。全诗先写景，后抒情。写景全部用对仗，是本诗的显著特色。

【注释】

① 芙蓉池：即莲花池。

② 辇（niǎn）：古代用人拉的车。

③ 溉灌：即灌溉。

④ 通川：流动的河流。

⑤ 羽盖：用羽毛装饰的车厢的顶盖。

⑥ 摩：迫近，接近。

⑦ 扶：帮助。轮毂（gǔ）：车轮中心装轴的地方。此处代指辇。这句的意思是说急风推动着辇前进。

⑧ 夹：夹杂，掺杂。这句的意思是晚霞的余晖尚未退尽，一轮明月冉冉升起了。

⑨ 松乔：赤松子和王子乔，传说中的两位仙人。

游斜川

东晋·陶渊明

开岁倏五日，吾生行归休①。
念之动中怀，及辰为兹游②。
气和天惟澄，班坐依远流③。
弱湍驰文鲂，闲谷矫鸣鸥④。
迥泽散游目，缅然睇曾丘⑤。
虽微九重秀，顾瞻无匹俦⑥。
提壶接宾侣，引满更献酬⑦。
未知从今去，当复如此不⑧？
中觞纵遥情，忘彼千载忧⑨。
且极⑩今朝乐，明日非所求。

【题 解】

这首诗在赞美斜川一带自然风光的同时，抒发了诗人晚年苦闷的心境。其中虽然流露出及时行乐的消极不满情绪，但诗人那种孤高不群、坚贞挺拔的情操却卓然可见。这首诗真实记录了作者刚入半百之年的一时心态。斜川，其地不详，当在诗人所居南村附近。

【注释】

① 开岁：一年开始，指元旦。倏：忽然，极快。行：即将，将要。休：生命休止，指死亡。

② 动中怀：内心激荡不安。及辰：及时，趁着好日子。兹游：这次游赏，指斜川之游。

③ 气和：天气和暖。天惟澄：天空清朗。班坐：依次序坐。依：依傍，顺着。远流：长长的流水。

④ 弱湍：舒缓的水流。驰：快速游动。文鲂：有花纹的鲂鱼。闲谷：空谷。矫：高飞。鸣鸥：鸣叫着的水鸥。

⑤ 迥泽：广阔的湖水。迥：远。缅然：沉思的样子。睇：流盼。曾丘：即曾城。西汉刘安《淮南子》："昆仑山有曾城九重，高万一千里。"

⑥ 微：无，不如。九重：指昆仑山的曾城九重。秀：秀丽。匹俦：匹敌，同类。

⑦ 壶：指酒壶。接：接待。引满：斟酒满杯。更：更替，轮番。献酬：互相劝酒。

⑧ 从今去：从今以后。不：同"否"。

⑨ 中觞（shāng）：饮酒至半。纵遥情：超然世外的情怀。千载忧：指生死之忧。

⑩ 极：指尽情。

涉湖诗

东晋·李颙

旋经义兴①境，弭棹石兰渚。
震泽为何在，今唯太湖②浦。
园径③萦五百，眇目④缅无睹。

高天淼若岸，长津杂如缕。

窈窕寻湾澳，迢递望峦屿。

惊飚⑤扬飞湍，浮霄⑥薄⑦悬岨。

轻禽翔云汉，游鳞憩中浒。

黯霭天时阴，岩峣舟航舞。

凭河安可殉，静观戒征旅⑧。

【题 解】

《涉湖诗》是一首谨身慎行之士借山水以自警自戒的感世之作。诗中太湖自然山水的风云变幻，是人间生活、人生经验的寓意表现。天高水阔，恰似茫茫人寰；惊飚飞湍，浮霄悬岨，黯霭时阴，正是人世间黑暗、纷争、动荡和不虞灾祸的比况。禽鱼可在此翔天游水，各得其所，而行人到此，则犯难涉险，安危莫测。

【注 释】

① 义兴：今江苏宜兴市。

② 太湖：古名震泽。晋张勃《吴录》载："五湖者，太湖之别名，以其周行五百余里，故以五湖为名。"

③ 园径：指开阔的湖面。

④ 眇目：远望。

⑤ 惊飚：指湖面的狂风。

⑥ 浮霄：高天的浮云。

⑦ 薄：迫近。

⑧ 戒征旅：谨慎出行。

石壁精舍还湖中作

南朝宋·谢灵运

昏旦变气候，山水含清晖①。

清晖能娱人，游子憺忘归②。

出谷日尚早，入舟阳已微③。

林壑敛暝色，云霞收夕霏④。

芰荷迭映蔚⑤，蒲稗相因依⑥。

披拂趋南径，愉悦偃东扉⑦。

虑澹物自轻⑧，意惬理无违⑨。

寄言摄生客，试用此道推⑩。

【题 解】

这首诗记叙了诗人一日的游踪，清晨泛舟到石壁精舍，傍晚又从原路返回。层次井然，笔调轻捷，语言清新，对仗工妙，代表了谢灵运山水诗的风格。诗题明确标示了游览的路线顺序。前四句摹写石壁灵秀的山水风光和诗人流连忘返的怡然乐趣。"出谷"、"入舟"二句，点明游罢石壁还游巫湖的时间。"林壑"等四句写泛舟湖中所见的美景，先写天空，后写湖面，水天相映，色彩斑斓。

【注 释】

① 昏旦：早晚。清晖：指山光水色。

② 娱人：使人喜悦。憺（dàn）：安适。

③ 此句是说乘舟渡湖时天色已晚。

④ 林壑：树林和山谷。敛：聚集，收拢。暝色：暮色。霏：云飞貌。
这两句是说森林山谷之间一片暮色，飞动的云霞已经不见了。

⑤ 芰（jì）：菱。这句是说湖中芰荷绿叶繁盛，互相映照着。

⑥ 蒲稗（bài）：菖蒲和稗草。这句是说水边菖蒲和稗草很茂密，交杂生长在一起。

⑦ 披拂：用手拨开草木。偃（yǎn）：仰卧。扉（fēi）：门。这句是说愉快地仰卧在东轩之内。

⑧ 澹（dàn）：同"淡"，淡泊。这句是说将个人得失看得淡泊了，自然就会把一切都看得很轻。

⑨ 意惬：心满意足。理：指养生的道理。这句是说内心感到满足，就不会违背养生之道。

⑩ 摄生客：深谙养生之道的人。此道：指上面"虑澹"、"意惬"二句所讲的道理。

石门岩上宿①

南朝宋·谢灵运

朝搴苑中兰②，畏彼霜下歇③。
暝还云际宿，弄④此石上月。
鸟鸣识⑤夜栖，木落知风发。
异音同至听⑥，殊响俱清越⑦。
妙物⑧莫为赏，芳醑⑨谁与伐？
美人竟不来，阳阿徒晞发⑩。

【题解】

这首诗主要写夜宿石门山时的所见所闻。开头两句侧重记叙白天的活动，暗寓着诗人的爱美、惜美之情。"暝还"二句引出石门山夜宿赏

景之事。"鸟鸣"四句，极写石门山月夜景致之佳绝，但着力于声音的刻画，富于流动的美感。结尾四句写诗人由美景而触发的心灵感受，表达了孤独之感和高傲的情怀。诗中写景状物清新自然，语言洗练，对仗工稳。

【注 释】

① 诗题一作《夜宿石门》。诗中写夜宿石门时的所见所闻，并流露出孤高落寞的情绪。石门：即石门山，在今浙江嵊县。

② 该句袭用屈原《离骚》中"朝搴阰之木兰兮"句意。搴：拔，取。

③ 歇：衰竭。

④ 弄：玩。

⑤ 识：知。

⑥ 异音：不寻常的声响，如鸟鸣、风响。此处指美妙动听的天籁。至听：极为动听。

⑦ 殊响：与"异音"同义。清越：清澈嘹亮。

⑧ 妙物：美好的景物。

⑨ 芳醑（xǔ）：美酒。

⑩ 阳阿：古代神话传说中的山名。晞发：晒干头发。

过白岸亭 ①

南朝宋·谢灵运

拂衣遵沙垣 ②，缓步入蓬屋。
近涧涓 ③ 密石，远山映疏木。
空翠难强名 ④，渔钓易为曲 ⑤。
援萝 ⑥ 聆青崖，春心 ⑦ 自相属。

交交止栩黄⑧，呦呦⑨食苹鹿。
伤彼人百哀，嘉尔承筐乐！
荣悴⑩迭去来，穷通成休戚⑪，
未若长疏散⑫，万事恒抱朴⑬。

【题解】

这首诗按照"纪游—写景—兴情—悟理"的过程，融合了山水景色与老庄玄理，实现了绘画美、音乐美与哲理美彼此渗透的艺术效果。此诗几乎全用对偶句，但又相互穿插，如"空翠"句紧接着"远山"句而补足其意，"援萝"句先表现聆听之意态，再用"交交"句点明所聆听的内容。这样的安排，可谓细针密线，章法严谨，使诗意跳宕而流畅，毫不板滞，堪称佳构。

【注释】

①白岸亭：在浙江永嘉楠溪江西南，以溪岸沙白而得名。
②沙垣：岸上的沙堆积得像矮墙一样。
③涓：细流。
④该句谓远山空蒙青翠的景色，是很难用语言来描述的。
⑤易为曲：容易吟唱。
⑥援萝：抓住藤萝。
⑦春心：《楚辞·招魂》中有"目极千里兮，伤春心"句，此处用其意。
⑧交交：鸟叫声。止栩黄：栖息在栩树上的黄鸟。
⑨呦呦：鹿鸣之声。
⑩荣悴：荣耀得意与憔悴失意。
⑪穷通：困厄与显达。休戚：欢乐与忧愁。
⑫长疏散：长期过着松散自由的隐居生活。
⑬抱朴：坚守自然本性，不受外界诱惑。

入彭蠡湖口

南朝宋·谢灵运

客^①游倦水宿，风潮难具论^②。
洲岛骤回合，圻岸屡崩奔^③。
乘月听哀狖^④，浥露馥芳荪^⑤。
春晚绿野秀，岩高白云屯。
千念集日夜，万感盈朝昏^⑥。
攀崖照石镜^⑦，牵叶入松门^⑧。
三江事多往，九派理空存^⑨。
灵物郄珍怪^⑩，异人秘精魂^⑪。
金膏灭明光^⑫，水碧辍流温^⑬。
徒作千里曲，弦绝念弥敦^⑭。

【题 解】

　　这首诗作于元嘉九年（432）春。彭蠡湖，即鄱阳湖。诗人乘舟赴临川，厌倦了连日的船上生活，此时好不容易来到湖口，立即上岸游览，或乘月夜游、踏露寻花，或漫步原野、远眺白云缭绕的高峰。但是，被迫离乡外任的阴影挥之不去，千念万感纠结心头；于是，诗人用自然山水景物排遣郁闷，吟咏千里思乡之曲。

【注 释】

① 客：诗人自称。
② 此句讲一路上乘船水行的艰辛难以一一述说。
③ 此二句具体叙写路途艰辛，水流曲折，遇到洲岛骤分骤合；水势凶猛，
　 浪涛冲岸如山崩岩塌。圻（qí）：岸。

④ 狖（yòu）：猿猴之类的动物。

⑤ 浥露：被露水沾湿。馥芳荪：花草发出浓烈的香味。

⑥ 此二句讲日日夜夜、朝朝暮暮，心中总有千念万感涌上心头，意谓此时此刻也不例外。

⑦ 石镜：鄱阳湖口一景。

⑧ 松门：指松门山。《太平寰宇记》载："其山多松，北临大江及彭蠡湖。"

⑨ 此二句讲此地有关三江、九派的故事及说法难以寻觅。三江：指长江在当地的三条支流。九派：指九条江，古指长江中游的九条支流。

⑩ 此句讲各种灵怪之物不愿显示其珍奇面目。

⑪ 此句讲各种奇异仙人隐藏不现真身。

⑫ 金膏：一种仙药。灭明光：不显示其光芒。

⑬ 水碧：也称水玉、水精，即水晶石。辍流温：不显现其温润的色彩。

⑭ 此二句讲白白创作了千里思乡之曲，演奏结束，情意愈发深重。

之宣城郡出新林浦向板桥 ①

南朝齐·谢朓

江路西南永 ②，归流东北鹜 ③。
天际识归舟 ④，云中辨江树 ⑤。
旅思倦摇摇 ⑥，孤游昔已屡 ⑦。
既欢怀禄情 ⑧，复协沧洲 ⑨ 趣。
嚣尘自兹隔 ⑩，赏心于此遇 ⑪。
虽无玄豹姿，终隐南山雾 ⑫。

【题 解】

　　齐明帝建武二年（495）的春天，谢朓外任宣城太守，从建康乘船，逆长江西行，这首排律就是在乘船时作的。诗的题目明确告诉人们，是到宣城去，从新林浦出发，向板桥方向走。这首排律写诗人自己在赴任途中的所见、所想，流露出去国怀乡之情。诗人选择了半仕半隐两头兼顾的中庸之路，"虽无玄豹姿，终隐南山雾"，虽然不像彻底的隐士那样高洁纯粹，但是至少可以远祸全身避免祸害。

【注 释】

　　①宣城：在今安徽宣州市。板桥：即板桥浦，在今江苏南京城的西南郊。

　　②永：长，远。

　　③骛（wù）：奔驰。

　　④归舟：返航的船，这里指驶向京城的船。

　　⑤江树：江边之树。

　　⑥摇摇：心神不定貌。

　　⑦屡：副词，经常。

　　⑧禄情：怀恋俸禄之心。

　　⑨沧洲：滨水的地方。古时常用以称隐士的居处。

　　⑩嚣尘：喧闹扬尘，这里指喧器的尘世。

　　⑪赏心：心意欢乐。

　　⑫此句诗人以玄豹为喻，说自己外任宣城，远离京都是非之地，可以全身远害。

【名 句】

　　天际识归舟，云中辨江树。

游东田

南朝齐·谢朓

戚戚苦无悰①，携手共行乐。
寻云陟②累榭，随山望菌阁③。
远树暖阡阡，生烟纷漠漠。
鱼戏新荷动，鸟散馀花落。
不对芳春酒，还望青山郭。

【题解】

东田，故址在今江苏南京钟山（紫金山）山麓。谢朓等人在此建有别墅。诗人以苦闷的心情开头，更有利于突出东田景色的美好。诗人写景从高、低、远、近不同的角度去写，而且动静结合。其中"鱼戏新荷动，鸟散馀花落"两句，历来被视为名句。结尾处抒情，以"芳春酒"反衬"青山郭"，对东田美景加以赞颂。整首诗表现了诗人对大自然的深切热爱和美好的向往，也体现了诗人状物写景的才能。

【注释】

①悰：心情，情绪。
②陟：登高。
③菌阁：华美的楼阁。

【名句】

鱼戏新荷动，鸟散馀花落。

游太平山①

南朝齐·孔稚珪

石险天貌②分，林交日容③缺。
阴涧④落春荣，寒岩留夏雪⑤。

【题 解】

诗人通过极写太平山的奇险幽深，表达了作者恬淡高洁的情怀。诗歌语言洗练，选择景物颇具典型性，经过巧妙的艺术组合，把太平山的美丽呈现于读者面前。

【注 释】

① 太平山：山名，在今浙江绍兴市东南。
② 石险：石壁险峻。貌：貌似。
③ 林交：林木交错。日容：阳光。
④ 阴涧：峭崖陡壁之间幽暗的溪流。
⑤ 寒岩：山巅岩石酷寒。夏雪：夏日留有积雪。

早发定山

南朝梁·沈约

夙龄爱远壑，晚莅见奇山。
标峰彩虹外，置岭白云间。

倾壁忽斜竖，绝顶复孤圆。

归海流漫漫，出浦水溅溅^①。

野棠开未落，山樱发欲然。

忘归属兰桂，怀禄^②寄芳荃。

眷言采三秀^③，徘徊望九仙。

【题 解】

　　隆昌元年（494），沈约出为东阳太守，在赴任途中经过定山（在今浙江杭州东南），写下了这首清新悦目的山水诗。诗人写景，高至九层云霄，低迄溅溅流水，有倾壁绝顶、野棠山樱，意象万千，给人以清新、洒脱之感。全诗五色斑斓，彩虹、白云、青山、红樱等，异彩纷呈，读之恍如欣赏一幅色彩绚丽的山水图画。

【注 释】

　　① 溅溅：水流很急的样子。

　　② 怀禄：做官。

　　③ 三秀：代指仙草。

新安江^①至清浅深见底贻京邑同好

南朝梁·沈约

眷言^②访舟客，兹川信^③可珍。

洞澈随清浅，皎镜无冬春^④。

千仞写乔树，万丈见游鳞⑤。
沧浪⑥有时浊，清济涸无津⑦。
岂若乘斯去，俯映石磷磷。
纷吾隔嚣滓⑧，宁⑨假濯衣巾。
愿以潺湲水，沾君缨上尘⑩。

【题 解】

这首诗是沈约离开京师去东阳途经新安江的纪行之作，诗中再现了新安江水的清澈澄碧，并由江水之清联想到官场之浊，讽劝京师同好勿恋尘嚣，表达了诗人高洁自爱的情怀。全诗描绘新安江洁美清澄的秀姿，写景状物，虚实相生。

【注 释】

① 新安江：源出江西婺源，东流经安徽休宁县，入浙江境，至建德县汇合兰溪水，向东北流入钱塘江。

② 眷言：怀顾的样子。

③ 兹川：这条大江，指新安江。信：确实。

④ 此二句的意思是无论深处或浅处，水都是那么清澈。

⑤ 此二句的意思是千仞乔木倒映江中明晰如绘，百丈深处也清澈见底，游鱼历历在目。

⑥ 沧浪：古水名。在今湖北省境内。

⑦ 济：济水，源出河南省王屋山。津：液，这里指水。

⑧ 纷：繁盛的样子。隔嚣滓：离开京师嚣滓之地。嚣滓：嚣尘的意思。

⑨ 宁：岂，难道，怎么。

⑩ 此二句的意思是诸位同好尚在京邑尘嚣之中，恐有污染，希望能用清澈的新安江水洗涤他们的冠带。

山中杂诗

南朝梁·吴均

山际见来烟，竹中窥落日。
鸟向檐上飞，云从窗里出。

【题 解】

吴均（469—520）字叔庠，吴兴故鄣（今浙江安吉）人。官奉朝请，通史学。其诗文工于写景，风格清新挺拔。时人仿效其文体，号"吴均体"。"山际见来烟，竹中窥落日。"前句无心，后句有意；"鸟向檐上飞，云从窗里出。"上句有意，下句无心。参差变换，笔墨不拘，一句一景而不板滞，多用实笔却流转疏宕。烟来云出，日落鸟飞，竹明窗暗，点缀自然，相映成趣。

入若耶溪

南朝梁·王籍

舻舳何泛泛①，空水共悠悠。
阴霞生远岫，阳景逐回流②。
蝉噪林逾③静，鸟鸣山更幽。
此地动归念，长年悲倦游④。

【题 解】

本诗写作者泛舟若耶溪的所见所闻，并蕴含羁留他乡的思归之念。

若耶溪，在会稽若耶山下，景色优美。全诗因景启情而抒怀，自然和谐，达到了"动中间静意"的美学效果，同时也创造出了一种幽静恬淡的艺术境界。"蝉噪林逾静，鸟鸣山更幽"二句更是千古传诵的名句，被誉为"文外独绝"。诗人用以动显静的手法来渲染山林的幽静。"蝉噪"、"鸟鸣"笼罩着若耶溪，使山林的寂静显得更为深沉。

【注释】

① 舣艎（yú huáng）：舟名。泛泛：船行无阻。
② 阳景：日影。回流：曲折的溪流。
③ 逾：同"愈"，更加。
④ 长年悲倦游：诗人多年以来就厌倦仕途，却没有归隐，因此而悲伤。
   倦游：厌倦仕途而思退隐。

【名句】

蝉噪林逾静，鸟鸣山更幽。

慈老矶①

南朝梁·何逊

暮烟起遥岸②，斜日照安流③。
一同心赏夕④，暂解去乡忧⑤。
野岸平沙合，连山远雾浮。
客悲不自已⑥，江上望归舟。

这是一首写思乡之情的诗。作者辞家出门，有友人送至矶下，时值傍晚，夕阳的余晖洒在平静的江面上，波光粼粼，沿江远远望去，只见两岸炊烟袅袅，充满诗情画意。作者和友人一同欣赏着这令人陶醉的山水画图，似乎暂时忘却了离乡的悲愁。最后两句写友人回舟归去时的怅茫心情。他呆呆地望着友人远去的归舟，陷入了深深的悲哀之中。全诗情景交融，浑然一体。

【注 释】

① 慈老矶：在今安徽当涂县北。
② 遥岸：远处的江岸。
③ 安流：安然流动的江水。
④ 赏夕：欢赏夕阳景致。
⑤ 去乡忧：离别家乡的忧愁。
⑥ 客：宦游在外的人。此处指作者自己。已：停止。

游黄檗山^①

南朝梁·江淹

长望竟何极，闽云连越边。
南州饶奇怪，赤县^②多灵仙。
金峰各亏日^③，铜石共临天。
阳岫照鸾采，阴溪喷龙泉^④。
残杌^⑤千代木，嶒崒^⑥万古烟。

禽鸣丹壁上，猿啸青崖间。

秦皇慕隐沦，汉武愿长年。

皆负雄豪威，弃剑为名山。

况我葵藿志⑦，松术⑧横眼前。

所若同远好，临风载悠然。

【题解】

　　这是一首登高寄兴之作，诗人借旷达之语将游黄檗山的感受升华为人生境界的感悟。诗人登山远眺，以细致的笔触一一描绘了陡峰蔽日、幽涧喷泉、千年古木、万代雾霭以及禽鸣猿啸等景致，突出了黄檗山的奇异。今日得游黄檗山，乃人生难得之遇，何必还为谪官而闷闷不乐呢！

【注释】

① 黄檗山：在福建福清市西，江淹曾被建平王刘景素贬为建安（今福建建瓯县）令，得游此山。

② 赤县："赤县神州"的简称，是中国的代称。

③ 金峰：黄檗山有十二座高峰，因日光映照，颜色金黄，所以称之为"金峰"。亏日：是说黄檗山遮蔽了一部分太阳。

④ 龙泉：黄檗山有"龙潭"九处。

⑤ 杌：无枝之木。

⑥ 嶙崒：高峻貌。典出班固《西都赋》。

⑦ 葵藿志：言甘于清贫。作者《杂拟》诗云："处富不忘贫，有道在葵藿。"

⑧ 松术：松实和术根，都可供药用，古代为修长生术者所服食。

渡青草湖 ①

南朝陈·阴铿

洞庭春溜满 ②，平湖 ③ 锦帆张。
沅水 ④ 桃花色，湘流 ⑤ 杜若香。
穴去茅山 ⑥ 近，江连巫峡 ⑦ 长。
带天 ⑧ 澄迥碧，映日动浮光 ⑨。
行舟逗远树 ⑩，度鸟息危樯 ⑪。
滔滔不可测，一苇讵能航？

【题解】

这首诗写渡青草湖之所见和联想，描绘了湖上迷人的水色天光。诗人写了青草湖春水浩渺、锦帆竞发的壮观景象。运用茅氏三兄弟和巫山神女的传说赋予青草湖以瑰丽的色彩，使诗境显得更加空灵。结尾处诗人因旅途劳顿、仕途艰险而发出感慨："滔滔不可测，一苇讵能航？"

【注释】

①青草湖：在湖南岳阳县西南，接湘阴县界，亦名巴丘湖，素与洞庭湖并称。

②洞庭：洞庭湖。溜：水流。

③平湖：平静的湖面。

④沅水，沅江，在湖南省西部。

⑤湘流：湘江，湖南省最大的河流。

⑥茅山：句曲山，在江苏句容县东南。

⑦巫峡：因巫山得名，在四川巫山县与湖北巴东县之间。

⑧带天：蓝天倒映在青草湖中似一长条带。

⑨ 浮光：指湖面上的粼粼波光。

⑩ 此句的意思是船行到远处就好似停在远树边不动了。逗：停止。

⑪ 此句的意思是鸟儿不能一鼓作气飞渡青草湖，中途常常要在高高的
　　船桅上歇息。度鸟：渡湖的鸟儿。危：高。樯：帆船上的桅杆。

【名句】

滔滔不可测，一苇讵能航？

开善寺

南朝陈·阴铿

鹫岭①春光遍，王城野望通②。
登临情不极③，萧散趣④无穷。
莺随入户树⑤，花逐下山风⑥。
栋里⑦归云白，窗外落晖⑧红。
古石何年卧，枯树几春空？
淹留⑨惜未及，幽桂在芳丛。

【题解】

　　这首诗是作者在春日游览开善寺时所作。开善寺在南京钟山独龙阜
上，建于梁武帝天监（502—519）年间。当时钟山多佛寺，开善寺风景
独胜。全诗以工笔写景，表现了诗人对大自然风光的迷恋之情。开篇四
句，着眼钟山全景，写开善寺春光遍野，诗人游兴盎然。"莺随入户树"
四句是全诗的精华部分，意象精妙，用词洗练，是历代传诵的写景名句。

①鹫岭：灵鹫山。古诗中多用它来指代有著名佛寺的山。此处喻指钟山。

②王城：京城建康，今江苏南京市。野望通：指在钟山俯瞰城内，视野不受阻碍，全城尽收眼底。

③不极：不尽。

④萧散：闲散。趣：指自然的野趣。

⑤此句的意思是屋旁的树枝伸入户中，黄莺循树而飞入。

⑥此句是说落花被风吹下山，仿佛花儿有情，在追逐着下山的风。

⑦栋里：屋内。栋：房屋的正梁。

⑧晖：阳光。

⑨淹留：停留，久留。

【名 句】

莺随入户树，花逐下山风。

杳杳寒山道

唐·寒山

杳杳寒山^①道，落落^②冷涧滨。
啾啾常有鸟，寂寂更无人。
淅淅^③风吹面，纷纷雪积身。
朝朝不见日，岁岁不知春。

【题解】

这首诗写高山深壑中的景色，最后见出心情，通篇浸透出寒意。使用叠字是本诗的一大特点，使全诗笼罩上一层浓烈的气氛。如"朝"、"岁"，两个单个的名词，本来不带感情色彩，但一经叠用，出现在上述特定的诗境中，就显出时间的无限延长，心情的守一、执著，也就加强了诗意。寒山是唐代贞观年间的诗僧。他的诗作语言明浅如话，有鲜明的乐府民歌特色，诗风幽冷，别具境界。这首诗很能代表他的风格。

【注释】

① 杳杳：幽暗状。寒山：天台山有寒、暗二岩，寒山即寒岩，乃诗人所居之处。
② 落落：寂静冷落的样子。
③ 淅淅：象声词，形容风声。一作"碛碛"。

野 望

唐·王绩

东皋薄暮望，徙倚欲何依①？
树树皆秋色，山山唯落晖。
牧人驱犊返，猎马带禽归。
相顾无相识，长歌怀采薇②。

【题解】

王绩，唐代诗人，字无功，自号东皋子，绛州龙门（今山西河津市）人。隋末名儒王通之弟。诗人曾经在隋朝和唐朝做官，后来隐居还乡。这首诗是在隐居时写的。秋天傍晚时分，诗人遥望山野，内心空落落的，只见景色萧瑟，放牧和打猎的人们各自返回，虽然互不相识，但各得其乐。诗人置身于田园牧歌式的乡村美景中，却丝毫没有感受到自然美的快乐，他在现实中是那样的惆怅、孤独，只好追怀古代的隐士，和伯夷、叔齐那样的人交朋友了。

【注释】

① 东皋：诗人隐居的地方，在今山西河津。徙倚：徘徊，来回地走。
② 采薇：薇是一种植物。传说周武王灭商后，伯夷、叔齐不愿做周的臣子，在首阳山上采薇而食，最后饿死。

【名句】

树树皆秋色，山山唯落晖。

和晋陵① 陆丞早春游望

唐·杜审言

独有宦游人②，偏惊物候③新。
云霞出海曙，梅柳渡江春。
淑气④催黄鸟，晴光转绿蘋⑤。

忽闻歌古调⑥，归思欲沾巾⑦。

【题解】

这首诗写诗人宦游他乡，见春满大地而不能归的悲伤之情。诗人采用拟人手法，写江南早春，历历如画。诗的开头就发出感慨，说明只有离乡宦游之人，对异土之"物候"才有"惊新"之意。中间两联具体写江南新春的景色。尾联抒写诗人怀念中原故土的情意，正面道出自己伤春思归的本意，并以闻"歌古调"，点明和诗之旨。

【注释】

①和：指用诗应答。晋陵：今江苏常州市。

②宦游人：离家出外做官的人。

③物候：指自然界的气象和季节变化。

④淑气：和暖的天气。

⑤绿蘋：浮萍。

⑥古调：指陆丞写的诗，即题目中的《早春游望》。

⑦巾：一作"襟"。

【名句】

淑气催黄鸟，晴光转绿蘋。

渡湘江

唐·杜审言

迟日^①园林悲昔游^②，今春花鸟作边愁^③。
独怜京国^④人南窜，不似湘江水北流。

【题 解】

这首诗通篇运用反衬、对比的手法。诗的前两句是今与昔的对比，哀与乐的对比，以昔日对照今春，以园游对照边愁；诗的后两句是人与物的对比，南与北的对比，以京国逐客对照湘江逝水，以斯人南窜对照江水北流。这是一首很有艺术特色的诗，出现在七言绝句刚刚定型、开始成熟的初唐，尤其难能可贵。

【注 释】

①迟日：春日。《诗经·七月》："春日迟迟，采蘩祁祁。"
②悲昔游：作者旧游之地，因放逐再次经过感到悲伤。
③边愁：因流放边远地区而产生的愁绪。
④京国：指长安。

早发始兴江口至虚氏村作

唐·宋之问

候晓逾闽嶂，乘春望越台。

宿云鹏际落，残月蚌中开。
薜荔摇青气，桃榔翳^①碧苔。
桂香多露裛^②，石响细泉回。
抱叶玄猿啸，衔花翡翠来。
南中虽可悦，北思日悠哉。
鬒发^③俄成素，丹心已作灰。
何当首归路，行剪故园莱。

【题 解】

　　这首诗作于诗人贬官南行途中。从诗中所写景物表现出来的新鲜感来看，似为他初贬岭南时所作。此诗用词的艳丽雕琢与结构艺术的高妙，可以使读者对宋之问诗风略解一二。诗人不惜浓墨重彩去写景，从而使其所抒之情越发显得真挚深切。诗人笔下的树木、禽鸟、泉石所构成的画面是南国所特有的，其中的一草一木无不渗透着诗人初见时所特有的新鲜感。

【注 释】

①翳（yì）：遮蔽。
②裛（yì）：通"浥"，沾湿。
③鬒（zhěn）发：黑发。

游少林寺

唐·沈佺期

长歌游宝地^①，徙倚对珠林^②。

雁塔风霜古③，龙池④岁月深。
绀园澄夕霁⑤，碧殿下秋阴⑥。
归路烟霞晚⑦，山蝉处处吟。

【题 解】

沈佺期，字云卿，相州内黄（今属河南）人。唐高宗上元二年（675）进士，官至太子少詹事。与宋之问齐名，合称"沈宋"。有《沈佺期集》。沈佺期是初唐著名的宫廷诗人，也是完成律诗定型的重要人物之一。少林寺名扬天下，被誉为"天下第一名刹"。诗人抒写了对少林名刹的敬仰之情，游赏过程中的景色变化，以及归路晚景之绮丽，显示了诗人敏锐细致的观察力和写景抒情的精巧笔致。全诗对仗工整，意境清丽秀美。

【注 释】

①宝地：佛地。指少林寺。

②徙倚：流连徘徊。珠林：美好的林木。

③雁塔：佛塔。佛教徒为纪念为佛教献身的大雁而修建的塔，叫雁塔。

　风霜：比喻经历的岁月。古：久远。

④龙池：指寺内的水池，谓有龙寓此，以表其神圣，故称。

⑤绀园：佛寺的别称。澄：清澈。夕霁：指傍晚雨后转晴。

⑥碧殿：佛殿。秋阴：指林木繁盛。

⑦烟霞：云霞。晚：日暮。

晚次乐乡县

唐·陈子昂

故乡杳^①无际，日暮且孤征。
川原迷旧国，道路入边城。
野戍荒烟断，深山古木平。
如何此时恨，嗷嗷^②夜猿鸣。

【题 解】

这首诗是唐代诗人陈子昂由蜀入楚途中所作，抒写真情实感，质朴明朗，苍凉激越。全诗可以分成写景与抒情两个部分，前六句写景，末两句抒情。诗人根据抒情的需要取景入诗，又在写景的基础上进行抒情，所以彼此衔接，自然密合。全诗是以时间为线索串联起来的。第二句的"日暮"，是时间的开始；中间"烟断"、"木平"的描写，说明夜色渐浓；至末句，直接拈出"夜"字结束全诗。

【注 释】

① 杳（yǎo）：无影无踪。
② 嗷嗷（jiào）：号叫声，这里指猿啼声。

春江花月夜

唐·张若虚

春江潮水连海平，海上明月共潮生。

滟滟①随波千万里，何处春江无月明！
江流宛转绕芳甸②，月照花林皆似霰③。
空里流霜④不觉飞，汀⑤上白沙看不见。
江天一色无纤尘⑥，皎皎空中孤月轮⑦。
江畔何人初见月？江月何年初照人？
人生代代无穷已⑧，江月年年只相似⑨。
不知江月待何人，但见⑩长江送流水。
白云一片去悠悠⑪，青枫浦⑫上不胜愁。
谁家今夜扁舟子⑬？何处相思明月楼⑭？
可怜楼上月徘徊⑮，应照离人妆镜台⑯。
玉户⑰帘中卷不去，捣衣砧⑱上拂还来。
此时相望不相闻⑲，愿逐月华⑳流照君。
鸿雁长飞光不度，鱼龙潜跃水成文㉑。
昨夜闲潭㉒梦落花，可怜春半不还家。
江水流春去欲尽，江潭落月复西斜㉓。
斜月沉沉藏海雾，碣石潇湘无限路㉔。
不知乘月几人归，落月摇情㉕满江树。

【题 解】

　　诗人以富有生活气息的清丽之笔，创造性地再现了江南春夜的景色，如同月光照耀下的万里长江画卷，同时寄寓着游子思归的离别相思之苦。全诗紧扣春、江、花、月、夜的背景来写，而又以月为主体。月是诗中情景兼融之物，它跳动着诗人的脉搏，在全诗中犹如一条生命纽带，通贯上下，触处生神，诗情随着月轮的生落而起伏曲折。诗篇意境空明，缠绵悱恻，宛如一幅淡雅的中国水墨画，体现出春江花月夜清幽的意境美。该诗乃千古绝唱，素有"孤篇盖全唐"之誉，闻一多称之为"诗中的诗，顶峰上的顶峰"。

【注 释】

① 滟滟（yàn）：波光荡漾的样子。

② 芳甸：芳草丰茂的原野。甸：郊外之地。

③ 霰（xiàn）：天空中降落的白色不透明的小冰粒。此处形容月光下春花晶莹洁白。

④ 流霜：飞霜，古人认为霜和雪一样，是从空中落下来的，所以叫流霜。在这里比喻月光皎洁，月色蒙眬、流荡，所以不觉得有霜霰飞扬。

⑤ 汀（tīng）：水边平地，小洲。

⑥ 纤尘：微细的灰尘。

⑦ 月轮：指月亮，因为月圆时像车轮，所以称为月轮。

⑧ 穷已：穷尽。

⑨ 江月年年只相似：另一种版本为"江月年年望相似"。

⑩ 但见：只见，仅见。

⑪ 悠悠：渺茫，深远。

⑫ 青枫浦：地名，今湖南浏阳县境内有青枫浦。这里泛指游子所在的地方。

⑬ 扁舟子：此处指飘荡江湖的游子。扁舟：小舟。

⑭ 明月楼：月夜下的闺楼。这里指闺中思妇。曹植《七哀诗》："明月照高楼，流光正徘徊。上有愁思妇，悲叹有余哀。"

⑮ 月徘徊：指月光偏照闺楼，徘徊不去，令人不胜相思之苦。

⑯ 离人：此处指思妇。妆镜台：梳妆台。

⑰ 玉户：形容楼阁华丽，以玉石镶嵌。

⑱ 捣衣砧（zhēn）：捣衣石，捶布石。

⑲ 相闻：互通音信。

⑳ 逐：追随。月华：月光。

㉑ 文：同"纹"。

㉒ 闲潭：幽静的水潭。

㉓ 复西斜：此中"斜"应为押韵，读作"xiá"。

㉔ 潇湘：湘江与潇水。碣（jié）石、潇湘一南一北，暗指路途遥远，

相聚无望。

㉕摇情：激荡情思，犹言牵情。

【名句】

人生代代无穷已，江月年年只相似。

桃花溪

唐·张旭

隐隐飞桥①隔野烟，石矶西畔问渔船②。
桃花尽日③随流水，洞④在清溪何处边？

【题 解】

桃花溪，在湖南桃源县桃源山下。这首诗是诗人张旭借陶渊明《桃
花源记》的意境而创作。此诗通过描写桃花溪优美的景色和作者对渔
人的询问，抒写一种向往世外桃源，追求美好生活的心情。此诗由远处落
笔，写山谷深幽，迷离恍惚，其境若仙；然后镜头移近，写桃花流水，
渔舟轻泛，问讯渔人，寻找桃源。

【注 释】

①飞桥：高桥。
②石矶：水中积石或水边突出的岩石、石堆。渔船：源自陶渊明《桃

花源记》中语句。

③ 尽日：整天，整日。

④ 洞：指《桃花源记》中武陵渔人找到的洞口。

【名句】

桃花尽日随流水，洞在清溪何处边？

山中留客

唐·张旭

山光物态弄春晖①，莫为轻阴便拟归②。

纵使③晴明无雨色，入云深处亦沾衣。

【题解】

这首诗表达了作者对自然界美好景色的喜爱之情与希望同友人共赏美景的愿望，并蕴含着要欣赏最美景致就不能浅尝辄止的哲理。这首诗紧扣诗题中的"留"字，借留客于春山之中，描绘了一幅意境清幽的山水画。篇幅虽短，却景、情、理水乳交融，浑然一体。全诗语言质朴，虚实相间，跌宕自如，词浅意深，耐人寻味。

【注释】

① 春晖：春光。

② 便拟归：就打算回去。

③ 纵使：纵然，即使。

湖口望庐山瀑布泉

唐·张九龄

万丈红泉^①落，迢迢半紫氛。
奔流下杂树，洒落出重云^②。
日照虹霓^③似，天清风雨闻。
灵山^④多秀色，空水共氤氲^⑤。

【题解】

湖口在江西九江市内，因地处鄱阳湖入长江之口，故称湖口。湖口遥对庐山，能见山头云雾变幻及瀑布在日光映照下闪耀的色彩。诗人通过对庐山瀑布的赞美，抒发了胸中的豪情壮志。这首诗描写的是庐山瀑布的远景，从不同角度，以不同手法，渲染烘托，绘出了一幅雄奇绚丽的庐山瀑布远景图；而寓比寄兴，节奏舒展，情调悠扬，写山水以抒怀，又处处显示出是诗人自己的写照。

【注释】

① 红泉：指阳光映照下的瀑布。

② 重云：层云。

③ 虹霓：阳光射入水珠，经过折射、反射形成的自然现象。

④ 灵山：指庐山。

⑤ 氤氲：形容水汽弥漫流动。

春泛若耶溪①

唐·綦毋潜

幽意②无断绝，此去随所偶③。
　晚风吹行舟，花路入溪口。
际夜转西壑④，隔山望南斗⑤。
潭烟飞溶溶⑥，林月低向后。
生事且弥漫⑦，愿为持竿叟⑧。

【题　解】

这首五言古体诗大约是诗人归隐后的作品。诗人在一个春江花月之夜，泛舟溪上，自然会滋生出无限幽美的情趣。诗人以春江、月夜、花路、扁舟等景物，创造了一种幽美、寂静而又迷蒙的意境，寄托了诗人闲适隐逸的情怀。

【注　释】

① 若耶溪：在今浙江绍兴市东南，水清如镜，照映众山倒影，窥之如画。
② 幽意：寻幽的心意。
③ 偶：通"遇"。
④ 际夜：至夜。壑：山谷。
⑤ 南斗：星宿名，夏季位于南方上空。
⑥ 烟：雾气。溶溶：浓密的样子。

⑦ 生事：世事。弥漫：充满。

⑧ 持竿叟：持竿垂钓的老翁。

同从弟南斋玩月忆山阴崔少府

唐·王昌龄

高卧南斋时，开帷月初吐。
清辉淡水木，演漾在窗户。
苒苒①几盈虚，澄澄变今古。
美人②清江畔，是夜越吟③苦。
千里其如何，微风吹兰杜。

【题解】

这首诗先写玩月，后由月忆人，感慨清光依旧，人生聚散无常。诗的开头点出"南斋"；二句点出"明月"；三、四句触发主题，写"玩月"；五、六句由玩月而生发出感慨，写流光如逝，世事多变；七、八句转写忆故友；最后写故人的文章道德，恰如兰杜，芳香四溢，闻名退迩。全诗笔不离月，景不离情，情景交融，景情相济，有极强的艺术感染力。

【注释】

① 苒苒：同"冉冉"，指时间的推移。

② 美人：旧时也指自己思暮的人，这里指崔少府。

③ 越吟：楚人曾唱越歌以寄托乡思。

宿建德江①

唐·孟浩然

移舟泊烟渚②，日暮客愁新。
野旷天低树，江清月近人。

【题解】

这是一首刻画秋江暮色的诗。诗人先写羁旅夜泊，再叙日暮添愁；然后写到宇宙广袤宁静，明月伴人更亲。一隐一现，虚实相间，两相映衬，互为补充，构成一个特殊的意境。诗中虽不见"愁"字，然野旷江清，秋色历历在目。全诗淡而有味，含而不露，风韵天成，颇有特色。

【注 释】

① 建德江：在浙江省，是新安江流经建德的一段。
② 渚：水中的小洲。

【名 句】

野旷天低树，江清月近人。

夏日南亭怀辛大

唐·孟浩然

山光忽西落，池月渐东上。
散发乘夕凉，开轩卧闲敞。
荷风送香气，竹露滴清响。
欲取鸣琴弹，恨无知音赏。
感此怀故人，中宵劳梦想。

【题解】

这首诗写夏夜水亭纳凉的清爽闲适和对友人的怀念。诗的开头写夕
阳西下，素月东升，为纳凉设景。三、四句写沐后纳凉，表现闲情适意。
五、六句从嗅觉的角度继续写纳凉的真实感受。七、八句写由境界清幽
想到弹琴，想到知音，从纳凉过渡到怀人。最后写希望友人能在身边共
度良宵而生梦。全诗感情细腻，语言流畅，层次分明，富于韵味。"荷
风送香气，竹露滴清响"句，实乃纳凉消暑之佳句。

【注释】

①山光：山上的日光。
②池月：池边月色。
③轩：窗。

【名句】

荷风送香气，竹露滴清响。

宿桐庐江寄广陵旧游

唐·孟浩然

山暝听猿愁，沧江①急夜流。
风鸣两岸叶，月照一孤舟。
建德②非吾土，维扬③忆旧游。
还将两行泪，遥寄海西头④。

【题 解】

这是一首旅中寄友诗。全诗写江上的景色和旅途的悲愁，表现他乡虽好终不及故土之意，流露出诗人奔波不定、颇不得志之情。"风鸣两岸叶，月照一孤舟"随手拈来，清新诱人，江上夜色，如置眼前，足见诗人手笔之大。诗的前半部分写景，后半部分写情，以景生情，情随景致，景情交融，景切情深，撩人情思。

【注 释】

①沧江：同"苍江"。
②建德：今属浙江，居桐江上游。
③维扬：扬州。
④海西头：扬州近海，故曰海西头。

【名 句】

风鸣两岸叶，月照一孤舟。

晚泊浔阳望庐山

唐·孟浩然

挂席^①几千里，名山都未逢。
泊舟浔阳郭^②，始见香炉峰^③。
尝读远公^④传，永怀尘外踪^⑤。
东林精舍^⑥近，日暮空闻钟^⑦。

【题 解】

作者在千里舟行途中，泊船浔阳城下，看到了有名的香炉峰，进而怀念起古代高僧，随笔写下了这首被后人叹为"天籁"的唐诗精品。这首诗色彩淡素，浑成无迹，开头四句，颇有气势，尺幅千里，一气直下。诗人用淡笔随意一挥，便把这江山胜处的风貌勾勒出来了。诗人用的纯是水墨的淡笔，含蓄、空灵。从悠然遥望庐山的神情中，隐隐透露出一种悠远的情思。诗人写出了"晚泊浔阳"时的所见、所闻、所思，流露出对隐逸生活的钦羡。

【注 释】

①挂席：与"扬帆"同义。
②郭：外城，古代城市建筑分内城、外城。
③香炉峰：庐山最有名的一峰。
④远公：东晋高僧慧远，曾在庐山隐居修行。
⑤尘外踪：远离尘俗的踪迹。
⑥东林精舍：高僧慧远在庐山隐居修行时，当时的刺史桓伊为他修建的一座禅舍，是当时及后世的隐居者神往的胜地。
⑦空闻钟：突然听到东林精舍传来的钟声。

题大禹寺义公禅房

唐·孟浩然

义公习禅寂^①，结宇^②依空林。
户外一峰秀，阶前众壑深。
夕阳连雨足，空翠^③落庭阴。
看取莲花^④净，应知不染心。

【题 解】

这首诗通过描写义公禅房的山水环境，衬托出义公的清德高风。此诗情调古雅，潇洒物外，自然明快，词句清淡秀丽。作为一首题赞诗，诗人深情赞美了一位虔诚的和尚，同时也寄托了诗人自己的隐逸情怀。作为一首山水诗，诗人以清词丽句，素描淡抹，绘出了一帧诗意浓厚的山林晚晴图。自然幽雅，风光闲适，别有一种韵味。

【注 释】

① 义公：指诗中提到的唐代高僧。习禅寂：习惯于禅房的寂静。
② 结宇：造房子。
③ 空翠：树木的阴影。
④ 莲花：指《莲花经》。

与颜钱塘登樟亭望潮作

唐·孟浩然

百里闻雷震，鸣弦暂辍弹。

府中连骑出，江上待潮观。

照日秋云迥^①，浮天渤澥^②宽。

惊涛来似雪，一坐凛生寒。

【题 解】

这是一首山水诗，颜钱塘，指钱塘县令颜某，其名不详。古人习惯以地名称该地行政长官。钱塘，旧县名，唐时县治在今浙江杭州市钱塘门内。樟亭，位于钱塘县城外的一个观潮亭子，今已不存。这首诗层层渲染，结构严密，造成逼人的气势。诗意以雄健壮丽为主，与此同时壮丽中有冲淡之气。

【注 释】

① 迥（jiǒng）：远。
② 渤澥（xiè）：大海。

夜归鹿门^①歌

唐·孟浩然

山寺钟鸣昼已昏^②，渔梁渡头争渡喧^③。

人随沙岸向江村，余亦乘舟归鹿门。

鹿门月照开烟树，忽到庞公^④栖隐处。

岩扉^⑤松径长寂寥，惟有幽人^⑥自来去。

【题解】

这首诗通过描写诗人夜归鹿门山的所见、所闻、所感，抒发了诗人的隐逸情怀。整首诗按照时空顺序，分别写了江边和山中两个场景，江边之场景着眼于钟鸣、争渡、向江村、归鹿门等人物的动态描绘，山中之场景侧重于月照、岩扉、松径等静态刻画，写出鹿门清幽的景色，表现诗人恬静的心境，同时在清闲脱俗的隐逸情趣中也隐喻着孤寂无奈的情绪。

【注释】

① 鹿门：山名，在湖北襄阳。汉末著名隐士庞德公因拒绝征辟，携家隐居鹿门山，从此鹿门山成了隐逸圣地。

② 昼已昏：天色已黄昏。

③ 渔梁：洲名，在湖北襄阳城外汉水中。《水经注·沔水》中记载："襄阳城东沔水中有渔梁洲，庞德公所居。"喧：吵闹。

④ 庞公：庞德公，东汉襄阳人，隐居鹿门山。荆州刺史刘表请他做官，不久后，他携妻登鹿门山采药，一去不回。

⑤ 岩扉：石门。

⑥ 幽人：隐居者，诗人自称。

宿业师山房期①丁大不至

唐·孟浩然

夕阳度②西岭，群壑倏③已暝。

松月生夜凉，风泉满清听④。

樵人⑤归欲尽，烟⑥鸟栖初定。

之子期宿来⑦，孤琴⑧候萝径。

【题 解】

这首诗写诗人在山中等候友人到来，而友人仍不至的情景。诗人先后描绘了夕阳西下、群壑昏暝、松际月出、风吹清泉、樵人归尽、烟鸟栖定等生动的意象，渲染环境气氛。随着景致的流动，时间也在暗中转换，环境越来越清幽。最后两句写期待故人来宿而未至，于是抱琴等待。全诗不仅表现出山中从薄暮到深夜的时令特征，而且融合着诗人期盼知音的心情，境界清新幽静，语言委婉含蓄。山中寻常的景物，一经作者妙笔点染，便构成一幅清丽幽美的图画。

【注 释】

①业师：法名业的僧人。一作"来公"。山房：僧人居所。期：一作"待"。

②度：过，落。

③壑：山谷。倏：一下子。

④满清听：满耳都是清脆的响声。

⑤樵人：砍柴的人。

⑥烟：炊烟和雾霭。

⑦之：此。子：古代对男子的美称。宿来：一作"未来"。

⑧孤琴：一作"孤宿"，或作"携琴"。

早寒江上有怀

唐·孟浩然

木落雁南渡，北风江上寒。
我家襄水曲^①，遥隔楚云端^②。
乡泪客中尽，孤帆天际看。
迷津欲有问^③，平海^④夕漫漫。

【题 解】

这是一首怀乡思归的抒情诗。开头起兴，借鸿雁南飞，引起客居思归之情。中间写望见孤帆远去，想到自己无法偕同的怅惘，最后写欲归不得的郁积。全诗的情感是复杂的。诗人既羡慕田园生活，有意归隐，但又想求官做事，以展宏图。这种矛盾就构成了全诗的内容。

【注 释】

① 我家襄水曲：孟浩然的家在襄阳，襄阳在襄水之北，故云。襄水也叫襄河，它在襄樊市以下一段，水流曲折，故云襄水曲。
② 此句指乡思遥隔云端。楚：襄阳古属楚国。
③ 迷津欲有问：《论语·微子》中有记孔子命子路向长沮、桀溺问津，却为两人讥讽之事。这里是慨叹自己彷徨失意，如同迷津的意思。津：渡口。
④ 平海：指水面平阔。古时亦称江为海。

宴梅道士山房

唐·孟浩然

林卧愁春尽，搴帷见物华。
忽逢青鸟①使，邀入赤松②家。
金灶③初开火，仙桃④正发花。
童颜若可驻，何惜醉流霞⑤。

【题 解】

诗人以隐士身份而宴于梅道士山房，因而借用了金灶、仙桃、驻颜、流霞等术语和青鸟、赤松子等典故，描述了道士山房的景物，赋予游仙韵味，流露了诗人的向道之意。

【注 释】

①青鸟：神话中的鸟名，是西王母的使者。这里指梅道士。
②赤松：赤松子，传说中的仙人。这里也指梅道士。
③金灶：道家炼丹的炉灶。
④仙桃：传说西王母曾以仙桃赠汉武帝，称此桃三千年才结果。
⑤这两句意谓如果仙酒真能使容颜不老，那就不惜一醉。流霞：仙酒名。

【名 句】

童颜若可驻，何惜醉流霞。

望天门山

唐·李白

天门中断楚江^①开，碧水东流至此回^②。
两岸青山^③相对出，孤帆一片日边来^④。

【题解】

这首诗为开元十三年（725）李白赴江东途中行至天门山时所作。
天门山位于安徽省和县与芜湖市长江两岸，在江北的叫西梁山，在江南
的叫东梁山。两山隔江对峙，形同天设的门户，所以叫"天门"。一轮
红日，映在碧水、青山、白帆之上，使整个画面明丽光艳，层次分明，
从而将山川的雄伟壮丽画卷展现出来。此诗通过对天门山景象的描述，
赞美了大自然的神奇壮丽，表达了作者乐观豪迈的感情。

【注释】

① 楚江：即长江。因为在古代长江中游地带属楚国，所以叫楚江。
② 回：回旋，回转。这一段江水由于地势险峻，流向有所改变，变得
  更加汹涌。
③ 两岸青山：分别指博望山和梁山。
④ 日边来：指孤舟从天水相接处驶来，远远望去，仿佛来自日边。

【名句】

两岸青山相对出，孤帆一片日边来。

清溪行

唐·李白

清溪清我心，水色异诸①水。
借问新安江②，见底何如此？
人行明镜中，鸟度屏风③里。
向晚④猩猩啼，空悲远游子。

【题解】

这是天宝十二载（753）秋后李白游池州（今安徽贵池）时所作。清溪，河流名，在安徽境内。流经安徽贵池城，与秋浦河汇合，出池口入长江。池州是皖南风景胜地，景点大多集中在清溪和秋浦沿岸。诗人主要描写清溪水色的清澈，创设了一个悲切凄凉的清寂境界，寄寓着诗人喜清厌浊的情怀。

【注释】

① 诸：众多，许多。
② 新安江：河流名。发源于安徽，在浙江境内流入钱塘江。
③ 度：这里是飞过的意思。屏风：室内陈设，用以挡风或遮蔽的器具，上面常有字画。
④ 向晚：临近晚上的时候。

【名句】

人行明镜中，鸟度屏风里。

陪族叔刑部侍郎晔及中书贾舍人至游洞庭 五首选二

唐·李白

其 二

南湖①秋水夜无烟，耐可②乘流直上天？
且就③洞庭赊月色，将船买酒白云边。

其 五

帝子④潇湘去不还，空馀秋草洞庭间。
淡扫明湖开玉镜，丹青画出是君山⑤。

【题解】

　　公元759年秋，李白与被贬谪的李晔、贾至同游洞庭湖，作此诗记之。这组诗生动地描绘了洞庭湖明丽的秋景，也反映了诗人渴望重返长安的心情。清秋佳节，月照南湖，境界澄澈如画，使人心旷神怡。八百里洞庭拥有湖光、山景、月色、清风，而且当地人又十分慷慨好客，不吝借与。于是便激起"谪仙"李白羽化遗世之想。诗人天真的异想又间接告诉读者月景的迷人。

【注释】

　　①南湖：指洞庭湖。因在长江之南，故称。
　　②耐可：哪可，怎么能够。
　　③且：姑且。就：一作"问"。
　　④帝子：指尧的两个女儿娥皇、女英。
　　⑤丹青：古代绘画常用的颜色，即指图画。君山：山名，又名洞庭山。

东鲁门 ① 泛舟 二首

唐·李白

其 一

日落沙明天倒开，波摇石动水萦回。
轻舟泛月寻溪转，疑是山阴 ② 雪后来。

其 二

水作青龙盘石堤，桃花夹岸鲁门西。
若教月下乘舟去，何啻风流到剡溪 ③ ？

【题 解】

　　《东鲁门泛舟》当写于开元末年或天宝初年。作品记录了诗人寓居东鲁时与鲁中名士孔巢父等往还饮酒的一段生活，描绘了兖州城东郊月夜的优美景色，抒发了诗人在月下泛舟的豪情逸兴。诗人坐在船上，望着微波荡石，溪水萦回，竟然产生了一种幻觉：分不清是波摇石动，还是水在流淌？这是一种多么令人心旷神怡的境界。

【注 释】

　　① 东鲁门：据《一统志》记载，东鲁门在兖州（今山东曲阜一带）城东。
　　② 山阴：今浙江绍兴。山阴雪：指晋王子猷（徽之）雪夜访戴之事，
　　　 典出《世说新语·任诞》。
　　③ 何啻（chì）：何异。剡溪：曹娥江干流流经嵊州的一段称剡溪，王
　　　 子猷雪夜访戴之事即发生于此地。

游泰山 六首选一

唐·李白

其 六

朝饮王母池^①，暝投天门关^②。

独抱绿绮琴^③，夜行青山间。

山明月露白，夜静松风歇^④。

仙人游碧峰，处处笙歌^⑤发。

寂静娱清辉，玉真连翠微^⑥。

想象鸾凤^⑦舞，飘飘龙虎衣^⑧。

扪天摘匏瓜，恍惚不忆归^⑨。

举手弄清浅，误攀织女机^⑩。

明晨坐相失^⑪，但见五云^⑫飞。

【题 解】

　　《游泰山》六首是李白创作的组诗作品，充满了对精神自由的渴望和追求。这六首诗采用奇妙的想象与夸张手法，表现了泰山的美丽与神奇，同时作品在幻境的描写中也流露出萦绕于诗人心底的因抱负无法实现而产生的矛盾彷徨情绪。这首诗写诗人自己仿佛也已成仙而步入了"天界"，他伸手要把那形如匏瓜的星星摘取下来，又俯身在清浅的天河中戏弄，不料却误攀住织女的织机。在整组诗中，诗人以超然的宇宙观和独特的时空透视，目揽泰山万象于方寸，驰思结韵于毫端，以写意山水笔法绘出了有声画卷，显示了李白诗歌独有的豪放风格和极高的艺术水平。

【注 释】

① 王母池：又名瑶池，在泰山东南麓。

② 暝：傍晚。天门关：在泰山上。登泰山的道路盘旋曲折，要经过中天门、南天门等处，然后才能到达山顶。

③ 绿绮：古琴名，相传司马相如有绿绮琴。这里泛指名贵的琴。

④ 松风：风撼松林发出的响声。这两句意为：月光下山色明亮，露水晶莹；风停了，松林无声，夜显得更寂静。

⑤ 笙歌：吹笙伴歌。

⑥ 娱：乐。清辉：月光。玉真：道观名。这里泛指泰山上的道观。翠微：指山气青白色。这两句意为：静夜望月使人心情愉快，远看道观与青缥的山气连成一片。

⑦ 鸾凤：传说中的仙鸟。

⑧ 龙虎衣：绣有龙虎纹彩的衣服。

⑨ 扪（mén）：摸。匏（páo）瓜：星宿名，不与他星相接。这两句意为：抚摸天体想摘下匏瓜星，面对似有似无的幻境忘记了归去。

⑩ 清浅：指银河。《古诗十九首·迢迢牵牛星》有"河汉清且浅"之句。织女：星宿名，传说织女是天帝之女，住银河之东，从事织作，嫁给河西的牛郎为妻。这两句意为：举手戏弄银河的流水，无意中攀住了织女的织机。

⑪ 坐相失：顿时都消失。

⑫ 但见：只看到。五云：五色彩云。

送友人寻越中①山水

唐·李白

闻道稽山②去，偏宜谢客③才。

千岩泉洒落，万壑树萦回。

东海横秦望，西陵绕越台。

湖清霜镜晓，涛白雪山来。

八月枚乘④笔，三吴张翰⑤杯。

此中多逸兴，早晚向天台⑥。

【题解】

李白有数次入越的经历，因此他对越中山水景物比较熟悉。此诗极力赞美越中的青山秀水及风物美食。此诗对仗工整，表现出李白作品少有的整饬美，诗中采用移步换景的手法赋予作品强烈的动感，极富震撼力。如"湖清霜镜晓，涛白雪山来"，一方面写小舟前行，另一方面写大浪从对面排沓而来，相向而动，强化了大浪的动感，让人为雪山倾倒，体现出很强的视觉冲击力。

【注释】

① 越中：唐代越州，治所在今浙江绍兴。

② 稽山：会稽山，在今浙江绍兴。

③ 谢客：谢灵运，浙江会稽人，东晋名将谢玄之孙，小名客，人称谢客。

④ 枚乘：西汉辞赋家，古淮阴人。因在七国叛乱前后两次上谏吴王而显名。

⑤ 张翰：西晋文学家，吴郡吴县人。齐王执政时辟为大司马东曹掾，见祸乱兴，以秋风起思鲈鱼为由辞官而归。

⑥ 天台：天台山，在今浙江台州。

湖清霜镜晓，涛白雪山来。

峨眉山月歌

唐·李白

峨眉山月半轮秋^①，影入平羌^②江水流。
夜发清溪向三峡^③，思君不见下渝州^④。

【题解】

峨眉山在四川峨眉县西南，因有山峰相对如蛾眉，故名。主峰万佛顶，海拔 3099 米。该山峰峦挺秀，山势雄伟，有众多胜迹和寺庙，为我国佛教四大名山之一。本篇大约写于开元十四年（726），李白由蜀出游途中因思念友人而作。全诗连用五个地名，却写得自然流畅，空灵秀丽，毫无堆砌的痕迹，实为唐人绝句中少见。

【注释】

① 半轮秋：峨眉山南临平羌江，月影映入江中，因受高山遮掩，只能看到一半，故称"半轮秋"。
② 平羌：平羌江，即青衣江。源出今四川芦山县，流经峨眉山附近的乐山市汇入岷江。
③ 清溪：清溪驿，在今四川犍（qián）县。三峡：在四川、湖北二省之间，指瞿塘峡、巫峡、西陵峡。

④ 君：指友人，姓名不详。渝州：今四川重庆。

望庐山五老峰①

唐·李白

庐山东南五老峰②，青天削出金芙蓉。
九江秀色可揽结③，吾将此地巢云松④。

【题 解】

这首诗既反映了诗人对五老峰风光的热爱，也反映了诗人的出世思
想。五老峰地处庐山的东南面，风光优美，山势险峻，同时九江的秀丽
风光又可尽收眼底，山上又有着白云青松，这一切都触动了诗人的出世
思想，使他不忍离去。诗中"削"、"揽结"等词的运用，不乏想象和
夸张的意味。

【注 释】

① 诗题一作《登庐山五老峰》。
② 五老峰：庐山东南部相连的五座山峰，形状如五位老人并肩而立，
   是庐山胜景之一。李白曾在此地筑舍读书。
③ 揽结：采集。
④ 巢云松：隐居。

宿清溪主人

唐·李白

夜到清溪宿，主家碧岩^①里。
檐楹挂星斗，枕席响风水^②。
月落西山时，啾啾^③夜猿起。

【题 解】

这首著名的禅诗，反映了李白从宦海尘俗中解脱出来而倾心于禅的一种愉悦心态。诗人虽号"青莲居士"，其实并非佞佛或皈依佛门，而是向往于佛禅之境界、陶醉于佛禅之意趣。夜宿清溪，诗人摆脱了有无得失的滞累、宠辱名利的羁束，恣情地借笔墨传达出他心灵的解脱自在，表现出一种空灵、洒脱、疏淡的境界。

【注 释】

① 碧岩：地名，今安徽贵池市清溪乡五岭村。
② 楹：堂前的柱子，也指屋内天井四周的柱子。响风水：听到风声水声。
③ 啾啾：象声词。此处形容猿声凄厉。

访戴天山道士不遇^①

唐·李白

犬吠^②水声中，桃花带露浓^③。

树深④时见鹿，溪午不闻钟。

野竹分青霭⑤，飞泉挂碧峰。

无人知所去，愁倚⑥两三松。

【题解】

这诗重在写景，访友不遇反而显得无关紧要了。泉水淙淙，犬吠隐隐；桃花带露，浓艳耀目。诗人在林间小道上行进，常常见到出没的麋鹿；林深路长，来到溪边时，已是正午，此时应是道院打钟的时候了，却听不到钟声。因所访道士不在，诗人游目四顾，细细品味起眼前的景色来。诗的结尾以倚松再三的动作寄写访友不遇的惆怅，感情流转不绝。

【注 释】

① 戴天山：在四川昌隆县北五十里，青年时期的李白曾经在此山中的大明寺读书。不遇：没有遇到。

② 吠：狗叫。

③ 带露浓：挂满了露珠。

④ 树深：树丛深处。

⑤ 青霭：青色的云气。

⑥ 倚：靠。

渡荆门①送别

唐·李白

渡远②荆门外，来从楚国③游。

山随平野④尽，江入大荒流⑤。
月下飞天镜⑥，云生结海楼⑦。
仍怜故乡水⑧，万里⑨送行舟。

【题 解】

这首诗是李白青年时期在出蜀漫游的途中写下的一首五言律诗。此诗由写远游点题始，继写沿途的见闻和观感，后以思念作结。"山随平野尽，江入大荒流"，写得逼真如画，有如一幅长江出峡图。全诗意境高远，风格雄健，形象奇伟，想象瑰丽，以其卓越的绘景取胜，景象雄浑壮阔，表现了作者少年远游、倜傥不群的个性及如今浓浓的思乡之情。

【注 释】

① 荆门：位于今湖北宜都县西北长江南岸，与北岸虎牙山对峙，地势险要，自古即有楚蜀咽喉之称。

② 远：远自。

③ 楚国：楚地，今湖北、湖南一带。其地春秋、战国时属楚国境域。

④ 平野：平坦广阔的原野。

⑤ 江：大河。大荒：广阔无垠的原野。

⑥ 月下飞天镜：明月映入江中，如同飞下的天镜。下：移下，下来。

⑦ 海楼：海市蜃楼，亦称"蜃景"，是光线经过不同密度的空气层，发生显著折射时，把远处景物显示在空中或地面的奇异幻景。这里状写江上云雾的变幻多姿。

⑧ 仍：依然。怜：怜爱。一作"连"。故乡水：指从四川流来的长江水。因诗人从小生活在四川，故把四川称作故乡。

⑨ 万里：喻行程之远。

山随平野尽，江入大荒流。

秋下荆门

唐·李白

霜落荆门江树空^①，布帆无恙挂秋风^②。
此行不为鲈鱼鲙^③，自爱名山入剡中^④。

【题 解】

这首诗写于诗人第一次出蜀远游时，对锦绣前程的憧憬，对新奇世界的幻想，使他战胜了对峨眉山月的依恋，去热烈地追求理想中的未来。诗中洋溢着积极而浪漫的热情。诗人借景抒情，妙用典故，抒发了秋日出游的愉悦心情，也表达了诗人意欲饱览壮丽山河而不惜远走他乡的豪情与心志。

【注 释】

① 荆门：山名，位于今湖北宜都县西北长江南岸，与北岸虎牙三对峙，地势险要，自古即有楚蜀咽喉之称。空：指树叶已尽落。

② 布帆无恙：用《晋书·顾恺之传》中的典故：顾恺之从荆州刺史殷仲堪那里借到布帆，驶船回家，行至破冢，遭大风，他写信给殷仲堪，说："行人安稳，布帆无恙。"此处表示旅途平安。

③ 鲈鱼鲙：用《世说新语·识鉴》中的典故：西晋吴人张翰在洛阳

做官时，见秋风起，想到家乡莼菜、鲈鱼鲙的美味，遂辞官回乡。

④剡中：指今浙江嵊州市一带。

夜下征虏亭 ①

唐·李白

船下广陵 ② 去，月明征虏亭。
山花如绣颊 ③，江火似流萤 ④。

【题 解】

诗人于唐高宗上元二年（675）暮春由征虏亭登舟，往游广陵（扬州），即兴写下此诗。那江上的渔火和江中倒映的万家灯火像无数萤火虫飞来飞去。岸上山花绰约多情，皓月临空，波光潋滟，构成了一幅令人心醉的春江花月夜景图。诗人热爱壮美山河的感情和出游的喜悦，都从画面中显现出来。

【注 释】

①征虏亭：东晋时征虏将军谢石所建，故址在今江苏南京市南郊。

②广陵：郡名，在今江苏扬州市一带。

③绣颊（jiá）：涂过丹脂的女子的面颊。这里借喻岸上山花的娇艳。

④江火：江船上的灯火。流萤：飞动的萤火虫。

山花如绣颊，江火似流萤。

安陆白兆山桃花岩寄刘侍御绾

唐·李白

云卧^①三十年，好闲复爱仙。

蓬壶虽冥绝，鸾鹤心悠然^②。

归来桃花岩，得憩云窗眠^③。

对岭人共语，饮潭猿相连。

时升翠微^④上，邈若罗浮^⑤巅。

两岑^⑥抱东壑，一嶂^⑦横西天。

树杂日易隐，崖倾月难圆。

芳草换野色，飞萝摇春烟。

入远构石室，选幽开山田。

独此林下^⑧意，杳无区中缘^⑨。

永辞霜台^⑩客，千载方来旋^⑪。

【题 解】

这首诗约作于开元十八年（730）李白隐居安陆时。安陆，即今湖北安陆县。白兆山，在安陆县西三十里。桃花岩，在白兆山上。刘侍御，名不详。侍御，为御史台官员，负责纠察监督官吏。李白向刘侍御诉说了他想在桃花岩隐居的出世情怀。诗中多用对偶句，这也是李白五古的特色。

① 云卧：指隐居，高卧云山之意。

② 此句是说虽然蓬莱仙山无路可到，但我对乘鸾驾鹤的求仙之道仍乐此不疲。蓬壶：指传说中的蓬莱、方壶等海上仙山。鸾、鹤：传说中仙人坐乘的仙禽。

③ 以上六句：一作"幼采紫房谈，早爱沧溟仙。心迹颇相误，世事空徂迁。归来丹岩曲，得憩青霞眠。"

④ 翠微：指青翠的山岭。

⑤ 罗浮：山名，在今广东东江北岸。传说罗浮山是道教的三十六洞天之一的"朱明曜真之天"。

⑥ 两岑：两座小山。山小而高曰岑。

⑦ 嶂：如同屏障一样的高山。

⑧ 林下：指隐居。

⑨ 杳：远。区中：人世间。缘：尘缘。

⑩ 霜台：御史台，国家监察机关。御史台负责弹劾官员，令人生寒，故喻为霜台。

⑪ 此句用丁令威典。丁令威，辽东人，学道灵虚山，后化鹤归辽，在城上歌曰："广有客丁令威，去家千年今始归。"末二句诗人自比丁令威，与刘侍御辞别，欲归桃花岩隐居。

月夜江行寄崔员外宗之

唐·李白

飘摇江风起，萧飒海树①秋。
登舻②美清夜，挂席③移轻舟。
月随碧山转，水合青天流。

杳如星河上^④，但觉云林幽。
归路方浩浩，徂川^⑤去悠悠。
徒悲蕙草歇^⑥，复听菱歌愁。
岸曲迷后浦^⑦，沙明瞰前洲。
怀君不可见，望远增离忧^⑧。

【题 解】

这首诗是一首怀友之作，约作于开元二十七年（739）。员外，员外郎之省称。崔员外，即崔宗之，为李白好友，"饮中八仙"之一。曾为礼部员外郎、右司郎中等职。此诗写江上夜景，清幽如画，流丽自然，意境优美。许学夷评此诗云："偶俪虽出灵运，而流利自然，了不见斧凿痕。"

【注 释】

① 海树：江树。长江下游水面甚宽，故唐人多称之为海。

② 舻：船头划桨之处，此处代指船。

③ 挂席：挂帆。席即帆。因古代的船帆多是用竹席或芦席做的。

④ 杳：深远貌。星河：指天上的银河。

⑤ 徂川：流向大海的江水。徂：往。

⑥ 蕙草：一种香草，俗名佩兰，初秋开花。歇：衰败。

⑦ 浦：临水的地方。

⑧ 离忧：离愁别恨。

望终南山寄紫阁隐者

唐·李白

出门见南山^①，引领意无限^②。
秀色难为名^③，苍翠日在眼。
有时白云起，天际自舒卷。
心中与之然^④，托兴每不浅。
何当造幽人^⑤，灭迹栖绝巘^⑥。

【题 解】

这首诗是李白于天宝二载（743）待诏长安时所作。诗人以"望"字着眼，抒发对终南山山色云态的无限神往及对隐居在山上的隐者的艳羡之情，流露出他对官场生活的厌倦及对隐逸生活的渴望。"有时白云起，天际自舒卷"两句，造语自然，飘逸洒脱。

【注 释】

① 南山：终南山。
② 引领：伸长脖子，形容盼望殷切。
③ 秀色、苍翠：均指终南山色。难为名：叫不上来，不可名状。
④ 此句是说心境也像自然舒卷的白云一样，自由随意。
⑤ 造：拜访。幽人：指隐者。
⑥ 此句讲远离红尘，隐居在深山绝顶处。绝巘：高峰。巘：山顶。

下终南山过斛斯山人宿置酒①

唐·李白

暮从碧山下②，山月随人归。
却顾所来径③，苍苍横翠微④。
相携及田家⑤，童稚开荆扉⑥。
绿竹入幽径，青萝拂行衣⑦。
欢言得所憩，美酒聊共挥⑧。
长歌吟松风⑨，曲尽河星稀⑩。
我醉君复乐，陶然共忘机⑪。

【题 解】

这首诗以田家、饮酒为题材。诗人在月夜到长安南面的终南山，去造访一位姓斛斯的隐士，旖旎山色，使诗人迷恋不已，"绿竹入幽径，青萝拂行衣"，写出了田家庭院的恬静，流露出诗人的称羡之情。前四句写诗人下山归途所见，中间四句写诗人到斛斯山人家所见，末六句写两人饮酒交欢及诗人的感慨，流露了诗人相携欢言，置酒共挥，自然陶醉的感情。全诗情景交融，色彩鲜明，风格真率自然。

【注 释】

①终南山：秦岭主峰之一，在今陕西西安市南，唐时士子多隐居于此山。
　过：拜访。斛（hú）斯山人：复姓斛斯的一位隐士。
②碧山：指终南山。下：下山。
③却顾：回头望。所来径：下山的小路。
④苍苍：苍翠，苍茫，"苍苍"叠用是强调群山在暮色中的那种苍茫貌。
　翠微：青翠的山坡，此处指终南山。

⑤ 相携：下山时路遇斛斯山人，携手同去其家。及：到。田家：田野
山村人家，此指斛斯山人家。

⑥ 荆扉：荆条编扎的柴门。

⑦ 青萝：攀缠在树枝上下垂的藤蔓。行衣：行人的衣服。

⑧ 挥：举杯。

⑨ 松风：古代琴曲名，即《风入松曲》，此处也有歌声随风而入松林
的意思。

⑩ 河星稀：银河中的星光稀微，意谓夜已深了。河星：一作"星河"。

⑪ 陶然：欢乐的样子。忘机：忘记世俗的机心，不谋虚名蝇利。机：
世俗的心机。

谢公亭

唐·李白

谢亭离别处①，风景每生愁。
客散青天月②，山空碧水流。
池花春映日，窗竹夜鸣秋③。
今古一相接④，长歌怀旧游⑤。

【题 解】

这首诗为天宝十二载（753）李白游宣城谢公亭时怀念谢朓而作。
谢公亭，在安徽宣城市北，宣州太守谢朓所建。谢朓任宣城太守时，曾
在这里送别诗人范云。谢朓、范云当年离别的地方如今还在，诗人每次
目睹这里的景物都不免生愁。由于"离别"，当年他们欢聚的场面不见
了，此地显得天旷山空，唯见一轮孤月，空山寂静，碧水长流，表现了

李白对于人间友情的珍视，而且也很容易引起读者的共鸣。

【注 释】

① 谢亭离别处：谢朓有《新亭渚别范零陵诗》。当时范云为零陵内史。
② 此句的意思是在月下离别。
③ 此二句化用谢朓《冬日晚郡事隙诗》："飒飒满池荷，修修荫窗竹。"
④ 此句讲欲今古相通，与古人交游之意。
⑤ 怀旧游：谓怀想谢朓、范云之游。

陪侍郎①叔游洞庭醉后三首

唐·李白

其 一

今日竹林宴②，我家贤侍郎③。
三杯容小阮④，醉后发清狂。

其 二

船上齐桡⑤乐，湖心泛月⑥归。
白鸥闲不去，争拂酒筵飞。

其 三

划却君山好⑦，平铺湘水流。
巴陵无限酒，醉杀⑧洞庭秋。

【题 解】

《陪侍郎叔游洞庭醉后三首》是唐代诗人李白的组诗作品,由三首五言绝句组成。诗人写到要铲去君山,表面上是为了让浩浩荡荡的湘水毫无阻拦地向前奔流,实际上这是在抒发他心中的愤懑不平之气。他希望能铲除世间的不平,让他自己和一切怀才抱艺之士都有一条平坦的大道可走。

【注 释】

① 侍郎:官职名。

② 竹林宴:晋时,阮籍、嵇康、山涛、向秀、刘伶、王戎、阮咸常在竹林之下宴游,被称为"竹林七贤"。

③ 我家贤侍郎:李白称李晔为叔,故云"我家贤侍郎"。

④ 小阮:阮咸。因阮籍和阮咸是叔侄关系,故李白自比小阮,而把李晔比作阮籍,以切与"侍郎叔"的叔侄关系。

⑤ 齐桡:共同划船。此指同船。桡:船桨。

⑥ 泛月:月映水中,船桨划水,如同泛月。

⑦ 划却:铲掉。君山:洞庭湖中的一座山。"划却君山好"是一个假设句,意思是:如果能把君山铲却多好。

⑧ 醉杀:醉得很厉害,醉倒。

早发白帝城①

唐·李白

朝辞白帝彩云间②,千里江陵③一日还。
两岸猿声啼不住④,轻舟已过万重山。

【题解】

全诗给人一种峻峭挺拔、空灵飞动之感。然而只看这首诗气势的豪爽，笔姿的峻厉，还不能完整地理解全诗。全诗洋溢的是诗人经过艰难岁月之后迸发出的一种激情，所以在雄峻和迅疾中，又有豪情和欢悦。为了表达畅快的心情，诗人还特意用"间"、"还"、"山"来作韵脚，使全诗显得格外悠扬、轻快，回味悠长。

【注 释】

① 发：启程。白帝城：故址在今重庆市奉节县白帝山上。
② 彩云间：因白帝城在白帝山上，地势高耸，从山下江中仰望，仿佛耸入云间。
③ 江陵：今湖北荆州市。从白帝城到江陵约一千二百里，其间包括七百里三峡。
④ 猿：猿猴。啼：鸣，叫。住：停息。

【名句】

两岸猿声啼不住，轻舟已过万重山。

望九华赠青阳韦仲堪

唐·李白

昔在九江①上，遥望九华峰。
天河挂绿水，秀出九芙蓉。

我欲一挥手，谁人可相从。

君为东道主，于此卧云^②松。

【题解】

这首诗约作于天宝十三载（754）。九华，即九华山，在今安徽青阳县境内，风光秀丽。韦仲堪，名权舆，字仲堪，天宝年间任青阳县令。此前，李白曾与韦权舆、处士高霁同游九华山，并改九子山为九华山，三人一起联句以记其事。李白自唐天宝八载至上元二年前后十二年中，应时任青阳县令韦仲堪相邀，曾多次到（贵池）秋浦并游九华山，其间常作诗送友。

【注释】

①九江：指长江。

②卧云：指隐居。

归嵩山^①作

唐·王维

清川带长薄^②，车马去闲闲^③。

流水如有意，暮禽相与^④还。

荒城^⑤临古渡，落日满秋山。

迢递嵩高^⑥下，归来且闭关^⑦。

【题解】

　　这首诗通过描写作者辞官归隐嵩山途中所见的景色，抒发了其恬静淡泊的闲适心情。诗中写水写鸟，其实乃托物寄情，写诗人的归隐之心，如流水之不改，如禽鸟至暮知还；写荒城古渡，落日秋山，是寓情于景，反映诗人感情上的波折变化。全诗质朴清新，自然天成，意象疏朗，感情浓郁，得精巧蕴藉之妙。

【注 释】

　①嵩山：五岳之一，称中岳，地处河南登封市西北面。

　②清川：清清的流水，当指伊水及其支流。带：围绕。薄：草木丛生之地，草木交错曰薄。

　③去：行走。闲闲：从容自得的样子。

　④暮禽：傍晚的鸟儿。相与：相互作伴。

　⑤荒城：嵩山附近如登封等县，屡有兴废，故荒城当为废弃之县。

　⑥迢递：遥远的样子。递：形容遥远。嵩高：嵩山别称嵩高山。

　⑦且：将要。闲关：佛家闭门静修。这里有闭户不与人来往之意。

【名句】

　荒城临古渡，落日满秋山。

青 溪①

唐·王维

言入黄花川②，每逐青溪水。

随山将万转，趣途^③无百里。
声喧乱石中，色静深松里^④。
漾漾泛菱荇，澄澄映葭苇^⑤。
我心素已闲，清川澹如此^⑥。
请留磐石上，垂钓将已矣^⑦。

【题 解】

这是写于归隐之后的一首山水诗。借颂扬名不见经传的青溪，来印证诗人的夙愿。以青溪之淡泊，喻自身之夙愿安闲。诗的每一句都可以独立成为一幅优美的画面，溪流随山势蜿蜒，在乱石中奔腾咆哮，在松林里静静流淌，水面微波荡漾，各种水生植物随波浮动，溪边的巨石上，垂钓老翁悠闲自在。诗句自然清淡，绘声绘色，静中有动，托物寄情，韵味无穷。

【注 释】

① 青溪：在今陕西勉县之东。
② 言：发语词，无意义。黄花川：在今陕西凤县东北黄花镇附近。
③ 趣途："趣"同"趋"，指走过的路途。
④ 声：溪水声。色：山色。
⑤ 漾漾：水波动荡。菱荇（líng xìng）：泛指水草。这两句描写菱荇在溪水中浮动，芦苇的倒影映照于清澈的水面上。
⑥ 素：洁白。心素：指高洁的心怀。闲：悠闲淡泊。澹：恬静安然。
⑦ 磐石：又大又平的石头。将已矣：将以此终其身；从此算了。

送梓州李使君①

唐·王维

万壑②树参天，千山响杜鹃③。
山中一夜雨④，树杪⑤百重泉。
汉女输橦布⑥，巴人讼芋田⑦。
文翁翻⑧教授，不敢倚先贤⑨。

【题 解】

这首诗是王维为送李使君入蜀赴任而创作的一首诗。诗写送别，不写离愁别恨，不作浮泛客套之语，却有对国家大事、民生疾苦、友人前途的深切关心。诗人想象友人为官的梓州山林的壮丽景象以及风俗民情，勉励友人在梓州创造业绩，超过先贤。此诗选取最能表现蜀地特色的景物，运用夸张手法加以描写，气象壮观开阔。全诗没有一般送别诗的感伤气氛，情绪积极开朗，格调高远明快，是唐诗中写送别的名篇之一。

【注 释】

①梓州：《唐诗正音》作"东川"。梓州是隋唐州名，治所在今四川三台。
　李使君：李叔明，先任东川节度使、遂州刺史，后移镇梓州。
②壑：山谷。
③杜鹃：鸟名，一名杜宇，又名子规。
④一夜雨：一作"一半雨"。
⑤树杪：树梢。
⑥汉女：汉水附近的妇女。橦（tóng）布：橦木花织成的布，为梓州特产。
⑦巴：古国名，故都在今四川重庆。芋田：蜀中产芋，当时为主粮之一。

这句讲巴人常为农田事发生讼案。

⑧文翁：汉景帝时为郡太守，政尚宽宏，见蜀地僻陋，乃建造学宫，培育人才，使巴蜀日渐开化。翻：幡然改变，通"反"。

⑨先贤：已经去世的有才德的人。这里指汉景帝时蜀郡的太守。

【名句】

山中一夜雨，树杪百重泉。

过香积寺①

唐·王维

不知香积寺，数里入云峰②。
古木无人径，深山何处钟③。
泉声咽危石④，日色冷青松⑤。
薄暮空潭曲⑥，安禅制毒龙⑦。

【题 解】

这首诗主要写山林幽邃，古寺深藏。刚进入山中之时，诗人竟然在古木丛生、渺无人烟的地方听到有钟声传出。于是作者借佛教典故想象寺内僧人的禅修生活，乘实入虚，把香积寺的神秘肃穆写得淋漓尽致，使人感到结尾空灵无比，饶有余味。

【注 释】

① 过：过访。香积寺：唐代著名寺院。该寺建于唐高宗永隆二年（681），
   故址已废。
② 入云峰：高耸入云的高峰。
③ 钟：寺庙的钟鸣声。
④ 咽：呜咽。危：高的，陡的。危石：高耸的崖石。
⑤ 冷青松：为青松所冷。
⑥ 薄暮：黄昏。曲：水边。
⑦ 安禅：指身心安然进入清寂宁静的境界。毒龙：佛家比喻邪念、妄想。

终南山①

唐·王维

太乙近天都②，连山接海隅③。
白云回望合，青霭④入看无。
分野⑤中峰变，阴晴众壑殊。
欲投人处宿，隔水问樵夫。

【题 解】

　　王维很善于描写雄奇的北方山水，此诗中，诗人从不同的视点去勾
勒终南山的宏伟轮廓。但只写这一点，这幅山水巨作还是缺少一点灵气
与神韵。于是结尾处写到诗人隔着山溪，向对岸的樵夫打听投宿之处。
最后两句看似与全诗无关，却是深通艺术三昧的妙笔。这幅深山问路的
图画，写出了高山大壑的荒远幽深。

【注释】

① 终南山，在长安南五十里，秦岭主峰之一。古人又称秦岭山脉为终
　 南山。

② 太乙：又名太一，秦岭之一峰。天都：天帝所居之处，这里指帝都长安。

③ 海隅：海边。终南山并不到海，此为夸张之词。

④ 青霭：山中的云气。霭：云气。

⑤ 分野：古天文学名词。古人以天上的二十八个星宿的位置来区分中国
　 境内的地域，被称为分野。地上的每一个区域都对应星空的某一处分野。

【名句】

白云回望合，青霭入看无。

汉江①临泛

唐·王维

楚塞三湘②接，荆门九派③通。

江流天地外，山色有无中。

郡邑浮前浦，波澜动远空④。

襄阳好风日⑤，留醉与山翁⑥。

【题解】

　　这首诗给读者展现了一幅色彩素雅、格调清新、意境优美的水墨山
水画。画面布局远近相映，疏密相间，加之以形写意，轻笔淡墨，又融

情于景，给人以美的享受。此诗表达了诗人追求美好境界的思想感情，在赞美汉江风光秀丽的同时，也歌颂了地方行政长官的丰功伟绩。

【注释】

① 汉江：汉水。

② 楚塞：楚国边境地带，这里指汉水流域，此地古为楚国辖区。三湘：湖南有湘潭、湘阴、湘乡，合称三湘。一说是漓湘、蒸湘、潇湘，总称三湘。

③ 荆门：山名，荆门山，在今湖北宜都县西北的长江南岸，战国时为楚之西塞。九派：九条支流，长江至浔阳分为九支。这里指江西九江。

④ 郡邑：指汉水两岸的城镇。浦：水边。动：震动。

⑤ 好风日：一作"风日好"，风景天气好。

⑥ 山翁：一作"山公"，指山简，晋代竹林七贤之一山涛的幼子，西晋将领，镇守襄阳，有政绩，好酒，每饮必醉。这里是作者以山简自喻。

【名句】

江流天地外，山色有无中。

山居秋暝①

唐·王维

空山新雨后，天气晚来秋。
明月松间照，清泉石上流。

竹喧归浣女^②，莲动下渔舟。
随意春芳歇^③，王孙自可留^④。

【题 解】

这是一首写山水的名诗，于诗情画意中寄托着诗人的高洁情怀和对理想的追求。诗的前半部分写山居秋日薄暮之景，皓月当空，青松如盖，山泉清冽，流于石上，清幽明净的自然美景。后半部分写浣女归来后竹林的喧闹声。诗人发出愿留在山中的感叹。此诗描绘秋雨初晴后傍晚时分，山村的旖旎风光和山居村民的淳朴风尚，表现了诗人寄情山水田园并对隐居生活怡然自得的满足心情，以自然美来表现人格美和社会美。

【注 释】

①暝：日暮，夜晚。
②浣女：洗衣服的女子。
③春芳：春草。歇：干枯。
④王孙：原指贵族子弟，后来也泛指隐居的人。留：居。此句反用淮南王刘安《招隐士》："王孙兮归来，山中兮不可久留"的意思，王孙实亦诗人自指，反映出其无可无不可的襟怀。

【名 句】

明月松间照，清泉石上流。

竹里馆

唐·王维

独坐幽篁^①里，弹琴复长啸^②。
深林人不知，明月来相照。

【题解】

这是一首写隐者闲适生活情趣的诗。诗的用字造语、写景都极平淡无奇。然而它的妙处也就在于以自然平淡的笔调，描绘出清新诱人的月夜幽林的意境，融情景为一体，蕴含着一种特殊的艺术魅力，使其成为千古佳品。

【注释】

① 幽：深的意思，篁：竹林。
② 长啸：长声呼啸。

鸟鸣涧^①

唐·王维

人闲^②桂花落，夜静春山空^③。
月出惊^④山鸟，时鸣^⑤春涧中。

【题解】

这首诗的精妙之处在于"动"、"静"对比衬托的诗情画意。"静"被诗人强烈地感受到了，为什么呢？人静缘于心静，所以能觉察到桂花的坠落，我们也似乎进入了"香林花雨"的胜景。此处的"春山"还给我们留下了想象的空白。其实"空"的还有诗人作为禅者的心境。唯其心境洒脱，才能捕捉到别人无法感受的情景。

【注释】

① 鸟鸣涧：鸟儿在山中鸣叫。
② 闲：安静，悠闲，含有人声寂静的意思。
③ 空：空寂，空虚。这时形容山中寂静无声，好像空无所有。
④ 月出：月亮出来。惊：惊动，惊扰。
⑤ 时：时而，偶尔。时鸣：偶尔啼叫。

鹿　柴①

唐·王维

空山不见人，但闻②人语响。
返景③入深林，复照④青苔上。

【题解】

这首诗描写鹿柴傍晚时分的幽静景色，全诗仅二十字，却充满诗情画意。先写空山静寂绝无人迹，接着以"但闻"一转，引出"人语响"来。空谷传音，愈见其空；人语过后，愈添空寂。最后又写几点夕阳余晖的

映照，愈加让人感觉幽暗。诗的绝妙处在于以动衬静，以局部衬整体。

【注 释】

① 鹿柴（zhài）："柴"同"寨"，栅栏。此为地名。
② 但：只。闻：听见。
③ 返景：夕阳返照的光。景：日光之影，古时同"影"。
④ 照：照耀。

积雨辋川庄 ① 作

唐·王维

积雨空林烟火迟②，蒸藜炊黍饷东菑③。
漠漠④水田飞白鹭，阴阴夏木⑤啭黄鹂。
山中习静观朝槿⑥，松下清斋折露葵⑦。
野老与人争席罢⑧，海鸥⑨何事更相疑。

【题 解】

　　王维后期的诗，主要写隐居终南山、辋川的闲情逸致。这首诗是描写辋川山庄久雨初停后的景色。诗人把自己幽雅清淡的禅寂生活与辋川恬静优美的田园风光结合起来描写，创造了一个物我相惬、情景交融的意境。全诗如同一幅淡雅的水墨画，清新明净，形象鲜明，表现了诗人隐居山林、脱离尘俗的闲情逸致。

① 辋（wǎng）川庄：王维在辋川的宅第，在今陕西蓝田终南山中，是
王维隐居之地。
② 积雨：久雨。空林：疏林。烟火迟：因久雨林野润湿，故烟火缓升。
③ 藜（lí）：一年生草本植物，嫩叶可食。菑：泛指农田。
④ 漠漠：形容广阔无际。
⑤ 阴阴：幽暗的样子。夏木：高大的树木，犹乔木。夏：大。
⑥ 槿（jǐn）：植物名。落叶灌木，其花朝开夕谢。古人常以此物悟人
生枯荣无常之理。
⑦ 清斋：这里是素食的意思。露葵：经霜的葵菜。葵为古代重要蔬菜，
有"百菜之主"之称。
⑧ 野老：指作者自己。争席罢：指自己要隐退山林，与世无争。
⑨ 海鸥：古时海上有好鸥者，每日到海上从鸥鸟游。这里借海鸥喻人事。

山　中

唐·王维

荆溪① 白石出，天寒红叶稀。
山路元② 无雨，空翠③ 湿人衣。

【题 解】

　　这幅由白石粼粼的小溪、鲜艳的红叶和无边的浓翠组成的山中冬景，
色泽斑斓鲜明，富于诗情画意，毫无萧瑟枯寂的情调。与作者某些专写
静谧境界而不免带有清冷虚无色彩的小诗比较，这一首所流露的感情与
美学趣味似乎都要更积极向上一些。

【注 释】

① 荆溪：长水，又称荆谷水，源出陕西蓝田县西北，西北流，经长安
　县东南入灞水。
② 元：原，本来。
③ 空翠：指山间云气。

栾家濑^①

唐·王维

飒飒^②秋雨中，浅浅石溜^③泻。
跳波自相溅，白鹭惊复下。

【题 解】

　　全诗弥漫着一种淡雅之气，让人感觉作者在这与繁华无关的世界里淡淡地品味着人生，也正是诗人淡泊到了极致之后，情感的自然流露，让人心中呈现出虚静澄明之貌。王维的山水诗，在"绘画"之后，往往以意蕴深远的句子作结，从而使得全诗境界顿出。此诗即通过"白鹭惊复下"的一场虚惊来反衬栾家濑的安宁和静穆，说明这里才是诗人所追求的理想境界。

【注 释】

① 濑：从石沙滩上急急泻下的流水。
② 飒飒：风雨的声音。

③ 石溜：石上急流。

木兰①柴

唐·王维

秋山敛余照②，飞鸟逐前侣。
彩翠③时分明，夕岚④无处所⑤。

【题解】

这首五言绝句描写了傍晚时分的自然景物，活画出一幅秋山暮霭鸟归图。这首田园诗写得很美，亮丽的色彩，幽美的境界，像真的图画一样，让人一读眼前就仿佛出现了一幅秋天傍晚大山之中的富有生机而绝美的图画。

【注释】

① 木兰：落叶乔木，叶互生，倒卵形或卵形，开内白外紫大花。
② 敛余照：收敛了落日的余晖。
③ 彩翠：鲜艳翠绿的山色。
④ 夕岚：傍晚山林的雾气。
⑤ 无处所：飘忽不定。

辋川闲居赠裴秀才迪

唐·王维

寒山转苍翠，秋水日潺湲。
倚杖柴门外，临风听暮蝉。
渡头余落日，墟里^①上孤烟。
复值接舆^②醉，狂歌五柳前。

【题 解】

这是一首写景之诗，描绘了幽居山林，超然物外之志趣。诗人着意刻画水色山光之可爱，倚杖柴门，临风听蝉，神驰邈远，自由自在。风光人物，交替行文，相映成趣，形成物我一体、情景交融的艺术意境，抒发了诗人的闲居之乐和对友人的真切情谊。

【注 释】

① 墟里：村落。
② 接舆：春秋时期，楚国的隐士。这里指裴迪。

【名 句】

倚杖柴门外，临风听暮蝉。

奉和圣制从蓬莱向兴庆阁道中留春雨中春望之作应制

唐·王维

渭水自萦秦塞^①曲，黄山旧绕汉宫斜^②。

銮舆迥出千门柳^③，阁道回看上苑^④花。

云里帝城双凤阙^⑤，雨中春树万人家。

为乘阳气行时令，不是宸游^⑥玩物华。

【题解】

这是为应对皇帝的诗而作的一首诗。这种诗一般以颂扬居多。诗的题意在于为天子春游回护，因此，开头虽写道中景物，仪卫盛大，春色醉人，结句却掩盖玩春之实，而颂扬天子披泽于世之虚。

【注释】

① 秦塞：犹秦野。塞：一作"甸"。这一带古时本为秦地。

② 黄山：黄麓山，在今陕西兴平县北。汉宫：也指唐宫。

③ 銮舆：皇帝的乘舆。迥出：远出。千门：指宫内的重重门户。此句意谓銮舆穿过垂柳夹道的重重宫门而出。

④ 上苑：泛指皇家的园林。

⑤ 双凤阙：汉代建章宫有凤阙，这里泛指皇宫中的楼观。阙：宫门前的望楼。

⑥ 宸游：指皇帝出游。宸：北辰所居，借指皇帝居处，后又引申为帝王的代称。

赠郭给事

唐·王维

洞门高阁霭余晖，桃李阴阴柳絮飞。

禁里疏钟官舍晚，省中啼鸟吏人稀。

晨摇玉佩趋金殿，夕奉①天书拜琐闱。

强欲从君无那老，将因卧病解朝衣。

【题解】

这是一首唱和诗，因此前郭给事有诗给王维，所以王维就酬和。首联写郭给事的显达。颔联写郭给事奉职贤劳，居官清廉闲静，所以吏人稀少，讼事无多，时世清平。颈联直接写郭给事本人，早晨盛装朝拜、傍晚捧诏下达，不辞辛劳。尾联感慨自己老病，无法相从，表达了诗人的出世思想。

【注释】

①奉："捧"的本字。

桃源①行

唐·王维

渔舟逐水爱山春，两岸桃花夹古津②。

坐看红树不知远，行尽青溪不见人。

山口潜行始隈隩^③，山开旷望旋平陆^④。

遥看一处攒^⑤云树，近入千家散花竹^⑥。

樵客初传汉姓名，居人未改秦衣服^⑦。

居人共住武陵源^⑧，还从物外^⑨起田园。

月明松下房栊^⑩静，日出云中鸡犬喧^⑪。

惊闻俗客^⑫争来集，竞^⑬引还家问都邑。

平明^⑭闾巷扫花开，薄暮渔樵乘水入。

初因避地^⑮去人间，及至成仙遂不还。

峡里谁知有人事，世中遥望空云山^⑯。

不疑灵境难闻见，尘心未尽思乡县^⑰。

出洞无论隔山水，辞家终拟长游衍^⑱。

自谓经过旧不迷，安知峰壑今来变。

当时只记入山深，青溪几度到云林。

春来遍是桃花水^⑲，不辨仙源何处寻。

【题 解】

这首诗通过形象的画面来开拓诗境，是王维"诗中有画"的特色在早年作品中的反映，可以说是陶渊明《桃花源记》的精简版。《桃源行》所进行的艺术再创造，主要表现在开拓诗的意境；而这种诗的意境，又主要通过一幅幅形象的画面体现出来。远山近水，红树青溪，一叶渔舟……让读者自己去想象，去体会。相比之下，它更有旋律美，更具艺术特色。虽然是作者的早年之作，但更具活力，朝气蓬勃。

【注 释】

①桃源：晋陶潜《桃花源记》中描写的桃花源。此诗原注："时年十九。"

② 津：原指渡口，这里指溪流。

③ 隈隩：指山崖弯曲处。这句说的是《桃花源记》中的"初极狭，才通人"。

④ 旋：忽然。平陆：平地。

⑤ 攒：聚集在一起。

⑥ 散花竹：鲜花和翠竹散布在各家各户。

⑦ 樵客：打柴的人，这里指桃源中的居民。居人：居民。

⑧ 武陵：郡名，治所在今湖南常德市西。

⑨ 物外：世外。

⑩ 房栊：窗户，借指房舍。

⑪ 鸡犬喧：《桃花源记》描写桃花源"阡陌交通，鸡犬相闻。"这里化用其意。

⑫ 俗客：指武陵渔人。

⑬ 竞：争相。

⑭ 平明：天亮。

⑮ 避地：因避乱而寄居他乡。

⑯ 这两句讲桃花源中不知有人间之事，而世间遥望桃花源，也只见云山缥缈，不知其中别有仙境。

⑰ 灵境：仙人居住的地方。尘心：世俗之心，此处指渔人思乡之心。

⑱ 长游衍：尽情游玩。这两句是说渔人出洞后，不管山水如何阻隔，最终又打算来桃花源尽情游玩。

⑲ 桃花水：桃花汛。

游龙门奉先寺

唐·杜甫

已从招提①游，更宿招提境。

阴壑生虚籁②，月林散③清影。

天阙象纬逼④，云卧衣裳冷。

欲觉闻晨钟，令人发深省⑤。

【题解】

奉先寺在河南洛阳龙门西山南端，是龙门石窟中规模最大、最具有代表性的露天佛龛，始凿于唐高宗初年，至上元二年（675）竣工，历时十一年。寺内众多石刻佛像，形态各异，神形兼备，为唐代石雕艺术的代表作品。山寺中环境幽美，临此境有万虑皆空的感觉。

【注释】

①招提：此处指奉先寺。梵文"拓斗提奢"省译为"拓提"，后误为"招提"，其意为四方。四方之僧称"招提僧"，四方之僧的住所因称"招提僧坊"，后为寺院的别称。

②阴壑：山北沟壑。虚籁：风声。

③散：散落。

④天阙：原指帝王居住的宫室，也指朝廷。这里指龙门。象纬：星象经纬，谓日月五星。逼：接近。

⑤此二句的意思是清晨刚睡醒的时候，听到寺院的钟声，使人受到深刻的启发。

绝　句

唐·杜甫

两个黄鹂鸣翠柳①，一行白鹭②上青天。

窗含西岭千秋雪③，门泊东吴万里船④。

【题 解】

这是一首描写成都浣花溪畔草堂周围景物的诗。此诗的主要特点是一句一景，每句都是一个美丽的画面，四句联在一起又浑然一体，构成了一幅完整的山水画。画中有远景，有近景，有动有静，有声有色，情景相生。

【注 释】

① 黄鹂：黄莺鸟，叫的声音很好听。鸣翠柳：在翠绿的柳树上鸣叫。

② 白鹭：一种水鸟，俗称鹭鸶。

③ 西岭：泛指岷山。千秋雪：千年不化的积雪。

④ 泊：船停靠岸。东吴：指长江下游一带，因这里古属吴国，故有此称。
万里：指东吴到成都相距遥远的路程。

【名 句】

窗含西岭千秋雪，门泊东吴万里船。

禹 庙

唐·杜甫

禹庙空山里，秋风落日斜。

荒庭垂橘柚，古屋画龙蛇。

云气嘘青壁^①，江声走白沙。

早知乘四载^②，疏凿控三巴^③。

【题解】

　　诗人讴歌了大禹治水泽被万代的丰功伟绩，同时也将缅怀英雄、爱国忧民的思想感情抒发了出来。在抒情诗中，情与景本应协调统一。而这首诗，诗人歌颂英雄，感情基调昂扬、豪迈，但禹庙之景却十分荒凉：山空，风寒，庭荒，屋旧。这些景物与诗中的感情基调不协调。诗人为解决这个矛盾，巧妙地运用了抑扬相衬的手法：庭虽荒，但有橘柚垂枝；屋虽古旧，但有龙蛇在画壁间飞动，使人没有冷落、低沉之感。后四句声宏气壮，调子愈来愈昂扬，令人愈读愈振奋。

【注释】

　　① 青壁：大禹当年凿开的石壁。

　　② 四载：传说中大禹治水时用的四种交通工具，水行乘舟，陆行乘车，山行乘檋（jú），泥行乘橇。

　　③ 三巴：指巴郡、巴东、巴西。传说这一带原是沼泽，大禹凿通三峡后成为陆地。

后　游^①

唐·杜甫

寺忆曾游处，桥怜^②再渡时。

江山如有待，花柳自无私。

野润烟光薄，沙暄③日色迟。

客愁全为减，舍此复何之④？

【题解】

这首诗表面上写得豁达，实则沉郁，只是以顿挫委曲之态来表现这样的情感。诗中写道：自从上次游览之后，美好的江山好像也在那儿"忆"着诗人，"等待"着诗人的再游；花也绽笑脸，柳也扭柔腰，无私地奉献着自己的一切，欢迎诗人再度登临。它透露了诗人对世态炎凉的感慨。弦外之音是大自然是有情的、无私的，而人世间却是无情的、偏私的。正因为如此，诗句感人更深。此诗采用散文句式，而极为平顺自然。这种创新对后世尤其是宋代诗人的影响颇大。

【注释】

①后游：重游。

②怜：爱。

③暄：暖。

④此：指修觉寺。复何之：又去往哪里呢。

望 岳

唐·杜甫

岱宗①夫如何？齐鲁②青未了。

造化钟神秀③，阴阳④割昏晓。

荡胸生曾^⑤云，决眦^⑥入归鸟。

会当凌绝顶，一览众山小^⑦。

【题 解】

这首诗是杜甫青年时代的作品，充满了青年人的浪漫与激情。全诗没有一个"望"字，却紧紧围绕诗题"望岳"的"望"字着笔，由远望到近望，再到凝望，最后是俯望。诗人描写了泰山雄伟磅礴的气象，抒发了自己勇于攀登，傲视一切的雄心壮志，洋溢着蓬勃向上的朝气。

【注 释】

① 岱宗：泰山亦名岱山或岱岳，为五岳之首，在今山东泰安市城北。

② 齐鲁：原是春秋战国时代的两个国名，在今山东境内，两国以泰山为界，齐国在泰山北，鲁国在泰山南。后用齐鲁代指山东地区。

③ 钟：聚集。神秀：天地之灵气，神奇秀美。

④ 阴阳：阴指山的北面，阳指山的南面。这里指泰山的南北。

⑤ 曾：同"层"，重叠。

⑥ 决：裂开。眦（zì）：眼角。眼角似乎要裂开。这是由于极力张大眼睛远望归鸟入山所致。

⑦ 小：形容词的意动用法，意思为以为小，认为小。

【名 句】

会当凌绝顶，一览众山小。

水槛① 遣心 二首选一

唐·杜甫

其 一

去郭轩楹敞②，无村眺望赊③。

澄江平少岸④，幽树晚多花。

细雨鱼儿出，微风燕子斜。

城中⑤十万户，此地两三家。

【题解】

这首诗写傍晚时分所见到的微风细雨中的景象，作品通过描绘绮丽的蜀地风光和娴雅的草堂环境，表现了诗人闲适宁静的心情以及对大自然的热爱。全诗八句均对仗，而且描写中远近交错，精细自然，"自有天然工巧而不见其刻划之痕"。它句句写景，句句有"遣心"之意。诗中描绘的是草堂环境，然而字里行间蕴含的却是诗人悠游闲适的心情和对大自然、对春天的热爱之情。

【注释】

① 水槛：指水亭之槛，可以凭槛眺望，舒畅身心。

② 去郭：远离城郭。轩楹：指草堂的建筑物。轩：长廊。楹：柱子。敞：开朗。

③ 赊：长，远。此句讲因附近无村庄遮蔽，故可远望。

④ 澄江平少岸：澄清的江水高与岸平，因而很少能看到江岸。

⑤ 城中：指四川成都。

【名句】

细雨鱼儿出，微风燕子斜。

野 望

唐·杜甫

西山白雪三城戍^①，南浦清江万里桥^②。
海内风尘诸弟隔，天涯涕泪一身遥。
唯将迟暮供多病^③，未有涓埃答圣朝。
跨马出郊时极目，不堪人事日萧条。

【题解】

　　这首诗虽是写郊游野望的感触，可忧家忧国，伤己伤民的感情溢于言表。诗的首联写从高低两处望见的景色。颔联抒情，诗人由野望想到兄弟的分散和自己孤身浪迹天涯。颈联继续抒写迟暮多病不能报效国家之感。尾联以出郊极目，点明主题"野望"，以人事萧条总结中间两联。全诗感情真挚，语言淳朴。

【注释】

　　①西山：在成都西，主峰雪岭终年积雪。三城：指松（今四川松潘县）、维（故城在今四川理县西）、保（故城在理县新保关西北）三州。
　　②南浦：南郊外水边地。清江：指锦江。万里桥：在成都城南。
　　③迟暮：比喻晚年，此时杜甫年五十。供多病：交给多病之身了。

阁 夜

唐·杜甫

岁暮阴阳催短景①，天涯霜雪霁寒宵。
五更鼓角声悲壮，三峡星河②影动摇。
野哭千家闻战伐，夷③歌数处起渔樵。
卧龙跃马④终黄土，人事音书漫寂寥。

【题 解】

这首诗是诗人在大历元年（766）寓于夔州西阁作所，气象雄阔。全诗写冬夜景色，有伤乱思乡之感。首联点明冬夜寒冷；颔联写夜中所闻所见；颈联写拂晓所闻；尾联写极目武侯、白帝两庙而引出的感慨，以诸葛亮和公孙述为例，说明贤愚忠逆都已作古，个人的寂寞就更无所谓了。

【注 释】

① 阴阳：指日月。短景：指冬季日短。
② 三峡：指瞿塘峡、巫峡、西陵峡。星河：星辰与银河。
③ 夷：指当地少数民族。
④ 卧龙：指诸葛亮。跃马：指公孙述。晋左思《蜀都赋》："公孙跃马而称帝。"

小寒食^①舟中作

唐·杜甫

佳辰强饮^②食犹寒，隐几萧条戴鹖冠^③。

春水船如天上坐，老年花似雾中看^④。

娟娟戏蝶过闲幔，片片轻鸥下急湍^⑤。

云白山青万余里^⑥，愁看直北^⑦是长安。

【题 解】

这首诗是杜甫在去世前半年多，即大历五年（770）春停留潭州（今湖南长沙）的时候所写。诗中所描绘的云"白"，山"青"，正是寒食佳节春来江上的自然景色。通过近处和远处的景观描写，漂泊时期诗人对时局多难的忧伤感怀全部凝缩在内，而以一个"愁"字总结，表现他暮年落泊江湖而依然深切关怀唐王朝安危的思想感情。

【注 释】

① 小寒食：指寒食节的次日，清明节的前一天。因禁火，所以冷食。

② 佳辰：指小寒食节。强饮：勉强吃一点饭。

③ 隐：倚，靠。隐几：席地而坐，靠着小桌几。鹖（hé）：雉类，据说是一种好斗的鸟。

④ 这两句是说春来水涨，江流浩荡，所以在舟中漂荡起伏犹如处在天上云间；诗人身体衰迈，老眼昏蒙，看岸边的花草犹如隔着一层薄雾。

⑤ 娟娟：状蝶之戏。闲幔：一作"开幔"。片片：状鸥之轻。

⑥ 此句极写潭州（今长沙）距长安之远。

⑦ 直北：正北。

山房春事①

唐·岑参

梁园②日暮乱飞鸦，极目③萧条三两家。
庭树不知人去尽，春来还发旧时花。

【题解】

这首诗反映了当时社会在战乱后所遭到破坏的情况。诗人选取了一个非常典型的情景：春日的山房。唐代封建士大夫都有"别业"，即后来所说的别墅。这首诗通过描绘山房春色，表现了社会的满目凄凉。在日落黄昏的时候，这个过去的风景区里却寂寞无人，多么萧条！简括的语言，蕴藏着深深的慨叹。

【注释】

① 山房：山中之屋，常用来称书室和僧舍。春事：春天的景色。
② 梁园：原名兔园，故址在今河南商丘县东，为汉朝梁孝王所建，
　 故称"梁园"。
③ 极目：放眼望去。

行经华阴

唐·崔颢

岧峣①太华俯咸京，天外三峰②削不成。

武帝祠③前云欲散，仙人掌上雨初晴。
河山北枕秦关险，驿路西连汉畤④平。
借问路旁名利客，何如此处学长生。

【题 解】

　　这首诗写行经华阴时所见的景物，抒发吊古感今的情怀。诗的前六句全为写景。首联写远景，起句不凡，以华山之高峻和三峰的高矗天际，压倒京都之气势，暗寓出世高于追名逐利。颔联写雨晴时的景色，这是写近景。颈联写想象中的幻景，描述华阴地势的险要和汉代的形胜。即景生感，隐含倦于风尘欲退隐山林之意。尾联反诘，借向旁人劝喻，说明凡争名夺利的人都不能学到长生之术。全诗雄浑壮阔，寓意深刻。

【注 释】

　　① 迢峣：高峻貌。
　　② 三峰：指华山最著名的三峰：莲花、明星、玉女。
　　③ 武帝祠：指巨灵洞，帝王祭天地、五帝之祠。
　　④ 汉畤（zhì）：汉帝王祭天地、五帝之祠。畤：古代祭祀天地、五帝的固定处所。

三日①寻李九庄

唐·常建

雨歇杨林东渡头，永和②三日荡轻舟。

故人家在桃花岸 ③，直到门前溪水流。

【题解】

　　这首诗写诗人三月三日这一天，乘船去寻访一位家住溪边的朋友李某，"九"是友人的排行。诗人并没有到过李九庄，只是听朋友说过。这正是"故人家在桃花岸，直到门前溪水流"这种诗意遥想的由来。这首诗的诗意就集中体现在由友人的提示而去寻访所生出的美丽遐想上。这种遐想，为这首本来容易写得比较平直的诗增添了曲折的情致和隽永的情味。

【注释】

①三日：古代以农历三月上旬巳日为上巳节，魏晋以后，通常在三月三日度此节。

②永和：东晋穆帝年号。王羲之《兰亭集序》记永和三年（353）三月上巳日，会集名士于会稽山阴兰亭。作者恰于此日乘舟访友，故用此典。

③桃花岸：暗用陶渊明《桃花源记》事，喻李九是隐士。

题破山寺 ① 后禅院

唐·常建

清晨入古寺 ②，初日照高林 ③。
竹径通幽处 ④，禅房 ⑤ 花木深。
山光悦 ⑥ 鸟性，潭影空 ⑦ 人心。

万籁⑧此俱寂，但余钟磬音⑨。

【题解】

　　这首诗抒写清晨游寺后禅院的观感，以凝练简洁的笔触描写了一个景物独特、幽深寂静的境界，表达了诗人游览名胜的喜悦和对高远境界的强烈追求。诗人以写景表达"禅意"，独突一个"静"字。全诗笔调古朴，层次分明，兴象深微，意境浑融，简洁明净，感染力强，是唐代山水诗中独具一格的名篇。

【注释】

　　① 破山寺：又名兴福寺，在今江苏常熟市西北虞山上。南朝齐邑人郴州刺史倪德光施舍宅园改建而成。

　　② 清晨：早晨。入：进入。古寺：指破山寺。

　　③ 初日：早上的太阳。照：照耀。高林：树林。

　　④ 竹径：一作"曲径"，又作"一径"。幽：幽静。

　　⑤ 禅房：僧人居住修行的地方。

　　⑥ 悦：此处为使动用法，使……高兴。

　　⑦ 潭影：清澈潭水中的倒影。空：此处为使动用法，使……空。

　　⑧ 万籁：各种声音。籁：从孔穴里发出的声音，这里指自然界的一切声音。

　　⑨ 但余：只留下。钟磬（qìng）：佛寺中召集众僧的打击乐器。

【名句】

山光悦鸟性，潭影空人心。

宿王昌龄隐居

唐·常建

清溪深不测^①，隐处唯^②孤云。

松际露微月，清光犹为君。

茅亭宿^③花影，药院滋^④苔纹。

余亦谢时^⑤去，西山鸾鹤群^⑥。

【题 解】

这首诗通过对王昌龄隐居处自然环境的细致描绘，赞颂了王昌龄的清高品格和隐居生活的高尚情趣，诚挚地表达出期望仕者王昌龄归来的意向。"茅亭宿花影，药院滋苔纹"可见炼字功深，又可作对仗效法。终篇都赞此劝彼，意在言外，而一片深情又都借景物表达，使王昌龄隐居处的无情景物都充满对王昌龄的深情，愿王昌龄归来。

【注 释】

①测：一作"极"。

②隐处：隐居的地方。唯：只有。

③宿：比喻夜静花影如眠。

④药院：种芍药的庭院。滋：生长着。

⑤谢时：辞去世俗之累。

⑥鸾鹤：古常指仙人的禽鸟。群：与……为伍。

【名句】

茅亭宿花影，药院滋苔纹。

寻西山隐者不遇

唐·丘为

绝顶一茅茨^①，直上三十里。
扣关无僮仆^②，窥室唯案几^③。
若非巾柴车^④，应是钓秋水^⑤。
差池^⑥不相见，黾勉空仰止^⑦。
草色新雨中，松声晚窗里^⑧。
及兹契幽绝，自足荡心耳^⑨。
虽无宾主意，颇得清净理^⑩。
兴尽^⑪方下山，何必待之子^⑫。

【题 解】

这是一首描写隐逸高趣的诗。其重点不是写不遇的失望，而是抒发对隐居环境的迷恋，表现了诗人有心去寻、无心相见的飘逸之趣。诗以"寻西山隐者不遇"为题，到山中专程去寻访隐者，当然是出于对这位隐者的友情或景仰了，而竟然"不遇"，按照常理，这一定会使访者产生无限失望、惆怅之情。但诗人却又借题"不遇"，淋漓尽致地抒发了自己的幽情雅趣和旷达的胸怀，似乎比相遇了更有收获，更为心满意足。

【注 释】

① 茅茨：茅屋。
② 扣关：敲门。僮仆：指书童。
③ 唯案几：只有桌椅茶几，表明居室简陋。
④ 巾柴车：指乘小车出游。
⑤ 钓秋水：到秋水潭垂钓。

⑥ 差池：原指参差不齐，这里指此来彼往而错过。

⑦ 黾勉：勉力，尽力。仰止：仰望，仰慕。

⑧ 这二句是诗人经过观察后亦真亦幻地描写隐者居所的环境。

⑨ 及兹：来此。契：惬意。荡心耳：涤荡心胸和耳目。

⑩ 这二句意谓虽没有受到主人待客的厚意，却悟得了修养身心的真理。

⑪ 兴尽：此处用晋王子猷雪夜访戴之典。

⑫ 之子：这个人，这里指隐者。

春行即兴

唐·李华

宜阳①城下草萋萋，涧水东流复向西。
芳树无人花自落，春山一路鸟空啼②。

【题解】

这首诗写诗人行经宜阳时即目所见的暮春景色，四句诗就如四幅图画，描绘了春天野外盎然的生机，抒发了诗人的无穷游兴，同时蕴含着时世乱离景物依旧的沧桑感。字面上毫不涉及人事，但细加品味，诗人却借描写自然景色反映了社会的动乱。

【注释】

① 宜阳：古县名，在今河南福昌县附近，在唐代此处是重要的游览去处，著名的连昌宫就建在这里。

② 芳树、春山：春山之芳树。

云阳馆与韩绅宿别

唐·司空曙

故人江海别，几度^①隔山川。
乍^②见翻疑梦，相悲各问年。
孤灯寒照雨，深竹暗浮烟。
更有明朝恨，离杯惜共传^③。

【题 解】

这首诗写乍见又别之情，不胜黯然。诗由上次别离说起，接着写此次相会，然后写叙谈，最后写惜别，波澜起伏，富有情致。"乍见翻疑梦，相悲各问年"乃久别重逢之绝唱，与李益的"问姓惊初见，称名忆旧容"有异曲同工之妙。

【注 释】

①几度：多少次。
②乍：骤，突然。
③共传：互相举杯。

【名 句】

乍见翻疑梦，相悲各问年。

暮春归故山草堂①

唐·钱起

谷口春残黄鸟②稀，辛夷③花尽杏花飞。
始怜④幽竹山窗下，不改清阴⑤待我归。

【题 解】

　　这首诗述写了诗人在暮春时节返回故山草堂的所见所感，抒发了暮春大好时光即将逝去所引起的愁绪。全诗前二句写景，诗中有画；后二句抒情，意在言外。诗风质朴自然，意境清幽深沉。诗人生动地抒发了怜竹之意和幽竹的"待我"之情。在这个物我相亲的意境之中，寄寓了诗人对幽竹的赞美，对那种不畏春残、不畏秋寒、不畏俗屈的高尚节操的礼赞。所以它不仅给人以美的享受，而且它那深刻的蕴涵又给人无穷的回味。

【注 释】

　　①故山：因诗人久居蓝田谷口，心中一直将此地视为故乡，故称"故山"。草堂：茅草盖的堂屋。
　　②春残：一作"残春"。黄鸟：即黄鹂、黄莺（一说黄雀），叫声婉转悦耳。
　　③辛夷：木兰花，一称木笔花，又称迎春花，比杏花开得早。
　　④怜：喜爱。
　　⑤清阴：形容苍劲葱茏的样子。

谷口书斋寄杨补阙

唐·钱起

泉壑^①带茅茨，云霞生薜帷。
竹怜新雨后，山爱夕阳时。
闲鹭栖常早，秋花落更迟。
家僮扫罗径，昨与故人期。

【题 解】

这是一首邀约的诗，约杨补阙前来书斋叙谈。诗人极写书斋景物，幽静清新。雨后新竹，生机勃发，晚山夕照，余晖动人，如此境地，怎不促使杨补阙践约前来？该诗全是写景，句法工整。首联起对，颔联晴雨分写，颈联写花鸟情态，末联写邀约。"竹怜新雨后，山爱夕阳时"为写景妙句。

【注 释】

① 泉壑：犹山水。

【名 句】

竹怜新雨后，山爱夕阳时。

赠阙下裴舍人

唐·钱起

二月黄鹂飞上林①，春城紫禁②晓阴阴。

长乐③钟声花外尽，龙池柳色雨中深。

阳和不散穷途恨，霄汉④常悬捧日心。

献赋十年犹未遇，羞将白发对华簪。

【题 解】

这首诗是投赠中书舍人裴某的，诗人抒发了自己生不逢时的感慨，目的在于向裴舍人请求援引。诗人自伤不遇，先说自己生不逢时，"阳和不散穷途恨"；再说自己有捧日之心，愿为朝廷服务；可是十年献赋，却不遇知音。含蓄婉转，保持身份。

【注 释】

①上林：上林苑。

②紫禁：皇宫。

③长乐：唐宫。

④霄汉：指高空。

【名 句】

长乐钟声花外尽，龙池柳色雨中深。

自夏口至鹦鹉洲夕望岳阳寄源中丞

唐·刘长卿

汀洲^①无浪复无烟，楚客^②相思益渺然。

汉口夕阳斜渡鸟，洞庭秋水远连天。

孤城背岭寒吹角^③，独树临江夜泊船。

贾谊上书忧汉室，长沙谪去古今怜。

【题 解】

这首诗是一首抚景感怀之作。诗人借怜贾谊贬谪长沙，以喻自己的贬谪之事。全诗以写景为主，但处处切题，以"汀洲"切"鹦鹉洲"，以"汉口"切"夏口"，以"孤城"切"岳阳"。最后即景生情，抒发被贬南巴的感慨，揭示出向源中丞寄诗的意图。

【注 释】

① 汀洲：水中可居之地，指鹦鹉洲。

② 楚客：指到此的旅人。夏口古属楚国境。

③ 孤城：指汉阳城，城后有山。角：古代军队中的一种吹奏乐器。

长沙过贾谊宅

唐·刘长卿

三年谪宦此栖迟^①，万古惟留楚客^②悲。

秋草独^③寻人去后，寒林空见日斜时。
汉文^④有道恩犹薄，湘水无情吊岂知？
寂寂江山摇落处^⑤，怜君何事到天涯！

【题 解】

贾谊，西汉文帝时的政治家、文学家。后被贬为长沙王太傅，长沙有其故址。此诗通过对贾谊不幸遭遇的凭吊和痛惜，抒发了自己被贬的悲愤与对当时社会现实的不满情绪。诗人善于把自己的身世际遇、悲愁感兴，巧妙地融合到诗歌的形象中去，于曲折处微露讽世之意，给人以警醒的感觉。全诗意境悲凉，真挚感人，堪称唐人七律中的精品。

【注 释】

① 谪宦：贬官。栖迟：淹留。
② 楚客：指贾谊。长沙旧属楚地，故有此称。一作"楚国"。
③ 独：一作"渐"。
④ 汉文：指汉文帝。
⑤ 摇落处：一作"正摇落"。

寻南溪常山道人隐居

唐·刘长卿

一路经行处，莓苔见屐痕。
白云依静渚^①，芳草闭闲门。
过雨看松色，随山到水源。

溪花与禅意，相对亦忘言②。

【题 解】

这首诗写诗人寻隐者不遇，却领悟到"禅意"之妙处。全诗结构严密紧凑，层层扣紧主题。诗题为"寻"，由此而发，首两句写一路"寻"来，领联写远望和近看，"寻"到了隐士的居处。颈联写隐者不在，看松寻源，别有情趣。最后写"溪花自放"而"悟"禅理之无为。

【注 释】

① 渚：水中的小洲。
② 这两句讲因悟禅意，故也相对忘言。禅：佛教指清寂凝定的心境。

【名 句】

溪花与禅意，相对亦忘言。

寻张逸人山居

唐·刘长卿

危石才通鸟道，空山更有人家。
桃源①定在深处，涧水浮来落花。

这首诗的前两句写"张逸人山居"人迹罕至，所以要"寻"。后两句将桃花源典故重新展现成画面，推测张逸人山居"定在深处"，这就包含了还需再"寻"的意思。涧水中落花点点，赏心悦目，构成全诗明朗的情调。

【注释】

① 桃源：桃花源。东晋陶潜作《桃花源记》，后用此指避世隐居的地方。

渔歌子①

唐·张志和

西塞山前白鹭飞②，桃花流水鳜鱼③肥。
青箬笠④，绿蓑衣，斜风细雨不须归。

【题解】

这是作者早期文人词中较著名的作品，张志和亦以此得以名传后世。全词以清丽恬淡的笔调，描绘了江南水乡的风光，表达了身心沉浸在这充满诗情画意的景色中的喜悦之情，以及对大自然的深深眷恋，更寄托了词人不再留恋仕途，一心遁迹江湖的淡怀逸致。

① 渔歌子：词牌名。因张志和写的《渔歌子》而得名。
② 西塞山：位于湖北黄石市。白鹭：一种白色的水鸟。
③ 鳜（guì）鱼：淡水鱼，江南又称桂鱼，肉质鲜美。
④ 箬（ruò）笠：竹叶或竹篾做的斗笠。

【名 句】

青箬笠，绿蓑衣，斜风细雨不须归。

过三闾①庙

唐·戴叔伦

沅湘②流不尽，屈子③怨何深。
日暮秋风起，萧萧④枫树林。

【题 解】

这首诗是为凭吊屈原而作。首二句悬空落笔，直将屈子一生忠愤写得淋漓尽致。诗人只是描绘了一幅特定的图景，引导读者去思索。江上秋风，枫林摇落，时历千载而三闾庙旁的景色依然如昔，可是，屈子沉江之后，已经无处可以呼唤他的冤魂。全诗画面明朗而引人思索，诗意隽永而不晦涩难解，深远的情思含蕴在规定的景色描绘里。

① 三闾：指屈原。
② 沅湘：指湖南境内的沅江和湘江，屈原曾被放逐于此。
③ 屈子：即屈原。
④ 萧萧：风吹树木的声音。

江乡故人偶集客舍

唐·戴叔伦

天秋月又满，城阙夜千重。
还作江南会，翻①疑梦里逢。
风枝惊暗鹊，露草覆寒虫。
羁旅②长堪醉，相留畏晓钟。

【题 解】

这首诗写在秋夜月满时，居然能与故人偶集京城长安，感慨无限。因为相见非易，故最怕晓钟，担心分手。首联写相聚的时间、地点；颔联写相聚出其不意，实属难得；颈联以曹操《短歌行》中"月明星稀，乌鹊南飞，绕树三匝，无枝可依"的典故暗寓乡思；尾联写羁旅之愁，款款写来，层次分明，抒情深沉。

【注 释】

① 翻：义同"反"。

② 羁旅：犹漂泊。

山 店

唐·卢纶

登登^①山路何时尽，决决^②溪泉到处闻。
风动叶声山犬吠，几家松火隔秋云。

【题 解】

诗题名曰"山店"，实际上山店与行人之间还有一段距离。尽管这样，它在行人的心中已经点燃了希望之光，激起了行人难以抑制的向往之情。这首诗没有用什么比兴手法，主要描写山间行人的所见所闻，同时采取或虚或实的手法，将人物的行动贯穿其间，通过人物行动和颇具特色的景物的结合，巧妙地刻画出人物心理和情绪的变化，给人一种身历其境、情随境迁之感。

【注 释】

① 登登：形容高。
② 决决：流水声。

滁州西涧①

唐·韦应物

独怜幽草②涧边生，上有黄鹂深树③鸣。
春潮带雨晚来急，野渡无人舟自横。

【题解】

作者在任滁州刺史时，曾游览至滁州西涧，写下了这首诗情浓郁的小诗。诗里写的虽然是平常的景物，但经诗人的点染，却成了一幅意境幽深的有韵之画，还蕴含了诗人不在其位，不得其用的无奈与忧伤，是作者对自己怀才不遇的不平。

【注 释】

①滁州：在今安徽滁县以西。西涧：在滁县城西，俗称上马河。
②幽草：幽谷里的小草。幽：一作"芳"。
③深树：枝叶茂密的树。

【名 句】

春潮带雨晚来急，野渡无人舟自横。

赋得暮雨送李胄

唐·韦应物

楚江^①微雨里，建业^②暮钟时。
漠漠^③帆来重，冥冥鸟去迟。
海门^④深不见，浦^⑤树远含滋。
相送情无限，沾襟比散丝。

【题解】

这是一首送别诗。虽是微雨，却下得很密，以致船帆涨饱了，鸟飞缓慢了。首联写送别之地，扣紧"雨"、"暮"主题。颔、颈两联渲染暗淡景色：暮雨中航行江上，鸟飞空中，海门不见，浦树含滋，境地极为开阔。尾联写离愁无限，潸然泪下。全诗一脉贯通，前后呼应，浑然一体。

【注释】

① 楚江：长江。
② 建业：今江苏南京市。
③ 漠漠：水汽密布的样子。
④ 海门：长江入海处。
⑤ 浦：水边。

秋夜寄邱员外

唐·韦应物

怀君属^①秋夜，散步咏凉天。
空山松子落，幽人^②应未眠。

【题解】

这是一首怀人诗。邱员外，名丹，苏州人，曾拜尚书郎，后隐居平山。诗人与邱丹在苏州时过往甚密，邱丹在平山学道时，诗人写此诗以寄怀。诗的首两句，写自己因秋夜怀人而徘徊沉吟的情景；后两句想象所怀之人这时也因怀念自己而难以成眠。隐士常以松子为食，因而到松子脱落的季节即想起对方。全诗以其古雅闲淡的风格美，给人玩味不尽的艺术享受。

【注释】

①属：正值。
②幽人：悠闲的人，此处指邱员外。

【名句】

空山松子落，幽人应未眠。

东　郊

唐·韦应物

吏舍局^①终年，出郊旷清曙^②。
杨柳散和风，青山澹吾虑^③。
依丛适自憩，缘涧还复去。
微雨霭^④芳原，春鸠鸣何处。
乐幽心屡止，遵事迹犹遽。
终罢斯结庐，慕陶真可庶^⑤。

【题解】

这是一首写春日郊游情景的诗。诗中先写拘束于公务，因而案牍劳形。次写春日郊游，快乐无限。再写归隐不遂，越发慕陶。诗人以真情实感诉说了官场生活的繁忙乏味，抒发了回归自然的清静快乐之情。其中"杨柳散和风，青山澹吾虑"，可谓描写风景陶冶情怀的绝唱。

【注释】

①局：拘束。
②旷清曙：在清幽的曙色中得以精神舒畅。
③澹：澄静。虑：思绪。
④霭：迷蒙貌。
⑤庶：庶几，差不多。

【名句】

杨柳散和风，青山澹吾虑。

游终南山^①

唐·孟郊

南山塞^②天地，日月石上生。
高峰夜留景，深谷昼未明。
山中人自正，路险心亦平。
长风驱松柏，声拂万壑^③清。
即此悔读书，朝朝近浮名。

【题 解】

　　韩愈在《荐士》诗里说孟郊的诗"横空盘硬语"，这首《游终南山》就很有代表性。终南山尽管高大，但远远没有塞满天地。这首诗写他游终南山的感受，硬语盘空，险语惊人，同时言外之意耐人寻味。赞美终南的万壑清风，就意味着厌恶长安的十丈红尘；赞美山中的人正心平，就意味着厌恶山外的人邪心险。以"即此悔读书，朝朝近浮名"收束全诗，这种言外之意就表现得相当明显了。

【注 释】

　　① 终南山：秦岭著名的山峰之一，在今陕西西安市南。
　　② 南山：指终南山。塞：充满，充实。
　　③ 壑：山沟。

晚 春

唐·韩愈

草树知春不久归①，百般红紫斗芳菲②。
杨花榆荚无才思③，唯解漫天作雪飞④。

【题解】

这首诗描写晚春季节，百花争艳，柳絮飘飞的情景。诗人表面上写的是晚春景象，实则借景抒情。这首诗的突出特点是用了拟人化的修辞，诗人把这些花草树木都赋予了人的品格，使之人格化了。百花在争芳斗艳，杨花、榆荚因为"无才思"，所以只知道"作雪飞"。

【注释】

①草树：这里指草本和木本的花。归：归去。
②百般红紫：这里代指各种颜色的花。斗：这里是比赛的意思。芳菲：花草的芳香。
③榆荚：榆树的果实，因形状像小铜钱，又叫榆钱。才思：才华。
④唯解：只知道。作雪飞：像雪花一样飘飞。

【名句】

杨花榆荚无才思，唯解漫天作雪飞。

送桂州严大夫

唐·韩愈

苍苍森八桂[1]，兹地在湘南[2]。
江作青罗带[3]，山如碧玉簪[4]。
户多输翠羽[5]，家自种黄柑。
远胜登仙去，飞鸾不假骖[6]。

【题解】

桂州，即今广西桂林市，自秦始皇开凿灵渠，沟通湘江、漓江之后，桂林便成为"南通海域，北达中原"的历史文化重镇。由于地理环境等因素，桂林有"山青、水秀、洞奇、石美"四大特色，唐代起即为风景胜地。严大夫，指严谟，唐穆宗长庆二年（821）四月出任桂州观察使。本诗虽是一首送行之作，但对桂林的描绘甚合桂林风采。桂林林木茂密，景色秀美。在诗人看来，游桂林远远胜过游仙境，因而不再需要乘飞鸾去寻仙了。

【注 释】

① 苍苍：深青色。森：茂密的样子。八桂：八棵桂树。

② 兹：此。湘南：湘水之南。桂林在湘水之南，故称。

③ 江：指漓江。青罗带：青绿色的绸带。

④ 簪：长针形饰物，古人用来绾定发髻或冠，后来专指妇女插髻用的首饰。

⑤ 输：缴纳，献纳。翠羽：此指珍稀的羽毛，当时作为贡品。

⑥ 飞鸾：传说中仙人的乘骑。骖：本指在两边拉车的马，这里为套马拉车之意。

江作青罗带，山如碧玉簪。

山 石

唐·韩愈

山石荦确行径微^①，黄昏到寺蝙蝠飞。
升堂坐阶新雨足^②，芭蕉叶大栀子^③肥。
僧言古壁佛画好，以火来照所见稀^④。
铺床拂席置羹^⑤饭，疏粝^⑥亦足饱我饥。
夜深静卧百虫绝^⑦，清月出岭光入扉^⑧。
天明独去无道路^⑨，出入高下^⑩穷烟霏。
山红涧碧纷^⑪烂漫，时见松枥皆十围^⑫。
当流赤足踏涧石，水声激激风吹衣。
人生如此自可乐，岂必局束为人靰^⑬？
嗟哉吾党二三子^⑭，安得至老不更归。

【题 解】

这首诗是一篇诗体的山水游记，颇显韩愈"以文为诗"特色。诗人按时间顺序，记叙了游山寺之所遇、所见、所闻、所思。记叙时间由黄昏而深夜至天明，层次分明，环环相扣，前后照应，耐人寻味。此诗写对山中自然美、人情美的向往。"人生如此自可乐，岂必局束为人靰"是全诗主旨。全诗气势遒劲，风格壮美，数为后人所称道。

【注释】

① 荦（luò）确：指山石险峻不平的样子。行径：行走的路径。微：狭窄。

② 升堂：进入寺中厅堂。阶：厅堂前的台阶。新雨：刚下过的雨。

③ 栀子：常绿灌水，夏季开白花，香气浓郁。

④ 稀：依稀，模糊，看不清楚。一作"稀少"解。所见稀：少见的好画。

⑤ 置：供。羹：菜汤。这里是泛指菜蔬。

⑥ 疏粝（lì）：糙米饭。这里指简单的饭食。

⑦ 百虫绝：一切虫鸣都没有了。

⑧ 扉：门。光入扉：指月光穿过门户，照入室内。

⑨ 无道路：指因晨雾迷茫，不辨道路，随意步行的意思。

⑩ 出入高下：指进进出出于高高低低的山谷径路。

⑪ 山红涧碧：山花红艳、涧水清碧。纷：繁盛。

⑫ 枥（lì）：同"栎"，落叶乔木。十围：形容树干非常粗大。

⑬ 靰（jī）：马的缰绳。这里作动词用，即牢笼，控制的意思。

⑭ 吾党二三子：指和自己志趣相合的几个朋友。

【名句】

人生如此自可乐，岂必局束为人靰？

渔 翁

唐·柳宗元

渔翁夜傍西岩①宿，晓汲清湘燃楚竹②。
烟销③日出不见人，欸乃④一声山水绿。
回看天际下中流⑤，岩上无心⑥云相逐。

【题 解】

　　这首诗情趣盎然，诗人以淡逸清和的笔墨勾画出一幅令人迷醉的山水晨景，并从中透露了他深沉而热烈的内心世界。诗人运用陶渊明的诗意，不仅表现出渔翁自由自在的劳作生活，也表现出诗人那豁达的心境与对自由自在生活的向往，从而暗示了诗人对官场尔虞我诈的厌恶之情。

【注 释】

　　① 西岩：本篇作于永州，西岩大概就是永州的西山，可参作者《始得西山宴游记》。
　　② 汲：取水。湘：湘江之水。楚：西山古属楚地。
　　③ 销：消散。
　　④ 欸乃：象声词，一说指桨声，一说是人长呼之声。
　　⑤ 下中流：由中流而下。
　　⑥ 无心：陶渊明《归去来分辞》："云无心而出岫。"一般用来表示庄子所说的那种物我两忘的心灵境界。

【名 句】

　　烟销日出不见人，欸乃一声山水绿。

南涧中题

唐·柳宗元

秋气集南涧，独游亭午①时。

回风一萧瑟②，林影久参差。

始至若有得，稍深遂忘疲。

羁③禽响幽谷，寒藻舞沦漪。

去国魂已远，怀人泪空垂。

孤生易为感，失路少所宜。

索寞④竟何事，徘徊只自知。

谁为后来者，当与此心期⑤。

【题 解】

　　全诗着重描写游览南涧时所见的景物。诗人因参加王叔文政治革新而遭受贬谪，感到忧伤愤懑，而南涧之游，本是解人烦闷的乐事，然所见景物，却又偏偏勾起他的苦闷和烦恼。时方深秋，诗人独自来到南涧游览。涧中寂寞，仿佛秋天的肃杀之气独聚于此。诗人自述谪离京城以来，神情恍惚，怀人不见而有泪空垂。人孤则易为感伤，政治上一失意，便动辄得咎。以后谁再迁谪来此，也许会理解他这种心情。

【注 释】

　　① 亭午：正午，中午。

　　② 萧瑟：秋风吹拂树叶发出的声音。

　　③ 羁：系住。

　　④ 索寞：枯寂没有生气，形容消沉的样子。

　　⑤ 期：约会。

中夜起望西园值月上 ①

唐·柳宗元

觉闻繁露坠 ②，开户临西园 ③。
寒月上东岭 ④，泠泠 ⑤ 疏竹根。
石泉远逾 ⑥ 响，山鸟时一喧 ⑦。
倚楹遂至旦 ⑧，寂寞将何言 ⑨。

【题 解】

这是柳宗元创作于贬谪永州期间的一首诗。全诗八句四十字，构思新巧，诗人抓住在静夜中听到的各种细微的声响来进行描写，以有声写无声，表现诗人所处环境的空旷寂寞，从而衬托他谪居中郁悒的情怀，即事成咏，随景寓情。

【注 释】

① 中夜：半夜。值：碰上……的时候。

② 觉：睡醒。繁露：浓重的露水。

③ 临：面对。西园：指诗人住处西面的菜圃。

④ 东岭：指住处东面的山岭。

⑤ 泠泠：形容声音清越。

⑥ 逾：更加。

⑦ 时一喧：不时叫一声。

⑧ 倚：斜靠着。楹：房屋的柱子。旦：天明，天亮。

⑨ 言：说。

酬曹侍御过象县见寄①

唐·柳宗元

破额山前碧玉流②，骚人遥驻木兰舟③。
春风无限潇湘意④，欲采苹花不自由⑤。

【题解】

这是一首赠答诗。作者称曹侍御为"骚人"，并且用"碧玉流"、"木兰舟"这种美好的环境来烘托他。环境如此秀美清幽，"骚人"本可以一面赶路，一面欣赏山水，悦性怡情；可此时他却"遥驻"木兰舟于"碧玉流"之上，怀念起"万死投荒"、贬谪柳州的友人来，作诗代柬，表达他的深情，隐含一股悲凉之意。

【注释】

① 侍御：官职名，即侍御史。象县：即今广西象州，唐代属岭南道。
② 碧玉流：形容江水澄明深澈，如碧玉之色。
③ 骚人：一般指文人墨客。此指曹侍御。木兰：一种落叶乔木，古人以之为美木，文人常在文学作品中以之比喻美好的人或事物。这里称朋友所乘之船为木兰舟，是赞美之意。
④ 潇湘：湖南境内二水名。柳宗元《愚溪诗序》云："余以愚触罪，谪潇水上。"这句是说：我在春风中感怀骚人，有无限潇湘之意。"潇湘意"应该说既有怀友之意，也有迁谪之意。
⑤ 采苹花：南朝柳恽《江南曲》："汀洲采白苹，日暮江南春。洞庭有归客，潇湘逢故人。"《清一统志湖南永州府》："白苹洲，在零陵西潇水中，洲长数十丈，水横流如峡，旧产白苹最盛。"此句言欲采苹花赠给曹侍御，但却无此自由。这是诗人在感慨自己谪居的处境险恶，连采花赠友的自由都没有。

溪 居

唐·柳宗元

久为簪组①累，幸此南夷谪②。
闲依农圃邻，偶似山林客。
晓耕翻露草，夜榜③响溪石。
来往不逢人，长歌楚天④碧。

【题解】

这首诗是柳宗元贬官永州居处冉溪之畔时所作。全诗写谪居佳境，苟得自由，独往独来，偷安自幸。前四句叙述到这里的原因和自己的行径。后四句叙述自己早晚的行动。首尾四句隐含牢骚之意。

【注释】

① 簪组：这里是做官的意思。
② 南夷：这里指当时南方的少数民族地区。谪：贬官外放。
③ 夜榜：夜航。
④ 楚天：永州古属楚地。

雨后晓行独至愚溪北池①

唐·柳宗元

宿云散洲渚②，晓日明村坞③。

高树临清池，风惊夜来雨。

予心适无事，偶此④成宾主。

【题 解】

这首诗是柳宗元被贬永州司马的第五年写的。几年来，他遭受的打击接踵而至，使他自觉不自觉地在诗文中抒发胸中愤懑，表达孤寂之情。然而这首诗并不像柳宗元其他的山水诗那样借景抒怀，表达在政治上失意的郁闷和苦恼，而是以难得的欣喜舒畅之心，赏玩出眼前景物的明丽动人，抒发暂时忘却烦忧，醉情于清新明丽的大自然的喜悦之情。

【注 释】

① 愚溪北池：在愚溪钴𬭸潭北约六十步。池水沿沟流入愚溪。

② 洲渚（zhǔ）：水中的小块陆地。

③ 村坞（wù）：村落。

④ 偶此：与以上景物相对。

忆江南① 三首

唐·白居易

其 一

江南好，风景旧曾谙②。日出江花红胜火，春来江水绿如蓝。③能不忆江南？

其 二

江南忆，最忆是杭州。山寺月中寻桂子，郡亭枕上看潮头。何日更重游？

其 三

江南忆，其次忆吴宫。吴酒一杯春竹叶，吴娃双舞醉芙蓉。早晚复相逢？

【题 解】

"忆江南"本是词牌名，一般并不要求一定要写与江南有关系的内容，但白居易选用这一词牌来描写江南风物，内容与形式的结合非常完美。"日出江花红胜火，春来江水绿如蓝"一联，看似平淡，却抓住了江南春景的显著特征，将江南春日胜景写尽，由此也可见作者观察景色之入微。

【注 释】

① 江南：此指苏州、杭州一带。白居易曾在这两地任过刺史，写过不少描写江南景色的诗篇。

② 旧曾谙：以前就很熟悉。谙：熟悉。

③ 这二句言在朝霞的辉映下，江岸的鲜花比火还红；春天的江水就像蓝草那样碧绿湛青。蓝：蓝草，叶子可制青绿色染料。

【名 句】

日出江花红胜火，春来江水绿如蓝。能不忆江南？

杭州春望

唐·白居易

望海楼明照曙霞，护江堤白踏晴沙。
涛声夜入伍员^①庙，柳色春藏苏小^②家。
红袖织绫夸柿蒂^③，青旗沽酒趁梨花^④。
谁开湖寺西南路，草绿裙腰一道斜。

【题解】

这首诗把杭州春日最有特征的景物，熔铸在一篇之中。画面以春柳、春草、春树、江水、湖水的翠绿为主色，又以梨花、红裙、彩绫、酒旗加以点染，把杭州的春光装点得美丽无比。此诗在写法上，由城外之东南，写到城内，然后又写到西湖，远近结合又次序井然。

【注释】

① 伍员：伍子胥，春秋时期楚国人。
② 苏小：苏小小，南齐钱塘名妓。
③ 柿蒂：彩绫的花纹。作者自注云："杭州出柿蒂花者尤佳也。"
④ 梨花：酒名。作者自注：杭州俗酿酒，趁梨花时熟，号"梨花春"。

钱塘湖春行

唐·白居易

孤山寺^①北贾亭西，水面初平云脚低^②。

几处早莺争暖树，谁家新燕啄春泥。
乱花渐欲迷人眼③，浅草才能没马蹄④。
最爱湖东行不足，绿杨阴里白沙堤⑤。

【题 解】

这首诗不但描绘了西湖旖旎的春光，以及世间万物在春天的沐浴下的勃勃生机，而且将诗人对春天、对生命的满腔热情和盘托出。此诗通过对西湖早春明媚风光的描绘，抒发了诗人喜悦的思想感情。全诗既写出了浓郁的春意，又写出了自然之美给人的强烈感受。

【注 释】

① 孤山寺：南北朝时期陈文帝（522—566）初年建，宋时改名广化寺。
② 云脚低：白云重重叠叠，同湖面上的波澜连成一片，看上去浮云很低。
③ 乱花：纷繁的花。迷人眼：使人眼花缭乱。
④ 浅草：浅浅的青草。才能：刚够上。没（mò）：遮盖。
⑤ 阴：同"荫"，指树阴。白沙堤：即今白堤，又称沙堤、断桥堤，在西湖东畔。

【名 句】

乱花渐欲迷人眼，浅草才能没马蹄。

春题湖上

唐·白居易

湖上春来似画图，乱峰^①围绕水平铺。

松排山面^②千重翠，月点波心^③一颗珠。

碧毯线头抽早稻，青罗裙带展新蒲^④。

未能抛得杭州去，一半勾留^⑤是此湖。

【题 解】

全诗情景交融，物我合一。诗人鸟瞰西湖春日景色，谓其"似画图"。作者以具有如此浓重感情色彩的字眼儿入诗，并非偶然。在孩童时代，白居易曾立志要到杭州做官，后心愿得酬，自然为之欣喜，其对杭州的深情于此可见一斑。此诗不仅是白居易山水诗中的佳作，亦是历代描写西湖诗中的名篇之一。

【注 释】

① 乱峰：参差不齐的山峰。

② 松排山面：指山上有许多松树。

③ 月点波心：月亮倒映在水中。

④ 这两句是讲，田野里早稻拔节抽穗，好像碧绿的毯子上的线头；河边菖蒲新长出的嫩叶，犹如罗裙上的飘带。

⑤ 勾留：留恋。

西湖晚归回望孤山寺赠诸客

唐·白居易

柳湖松岛莲花寺①，晚动归桡出道场。
卢橘②子低山雨重，栟榈③叶战水风凉。
烟波淡荡摇空碧，楼殿参差倚夕阳。
到岸请君回首望，蓬莱宫④在海中央。

【题解】

白居易在杭州为官之余，常喜欢到佛寺里听僧侣讲经。这首诗便是写他与"诸客"听讲归来后的感受。作品生动地描绘了孤山寺的秀美，风景中处处点染着诗人的喜悦之情。这首诗，短短八句，句句写景，又句句含情，在读者面前展现出一幅湖光山色的画图。枇杷硕果累累，清香四溢，连枝条都被压得低垂下来；棕榈树高叶大，俨若凉扇遮径。此诗宛如一篇优美的游记，给读者以情景交融的快感。

【注释】

①柳湖：即西湖。因西湖旁多植柳，故有是称。松岛：孤山。莲花寺：孤山寺。

②卢橘：枇杷。

③栟榈：棕榈。

④蓬莱宫：传说海上有仙山，名蓬莱，而孤山寺中亦有蓬莱阁，此处语带双关。

大林寺桃花

唐·白居易

人间四月芳菲尽^①，山寺^②桃花始盛开。
长恨春归无觅处^③，不知转入此中^④来。

【题解】

这是一首纪游诗，记述了大林寺山高谷深，时节绝晚，与山下平原地带不同的景物节候，表现了诗人对春天的无限留恋和热爱。诗中用桃花代替抽象的春光，把春光写得具体可感，形象美丽。诗人以高超的艺术技巧，把自然界的春天写得如此生动具体，天真可爱，所以历代读者称赞这首诗是唐人绝句中的珍品。

【注释】

①人间：指山下平原地带。这里的"人间"与下句的"山寺"对举。芳菲：泛指开放的花。尽：完了。
②山寺：此指大林寺，是庐山上香炉峰顶的一座寺庙。
③恨：遗憾。春归：春天结束了。觅：寻找。
④此中：指大林寺中。

渡扬子江^①

唐·丁仙芝

桂楫中流^②望，空波两岸明^③。

林开扬子驿④，山出润州城⑤。

海尽边阴静⑥，江寒朔吹⑦生。

更闻枫叶下，淅沥度⑧秋声。

【题 解】

　　这首诗是诗人从长江北岸的扬子驿坐船渡江到南岸后的感怀之作。此诗抓住了船行江中，人的视野灵活多变的特点来布设景物，构思新颖。全诗写秋景、秋声，都从船上人的视觉、听觉的角度入手，以"望"字贯通全篇，情文并茂，画面清新，构思巧妙，是一篇不可多得的佳作。

【注 释】

　　①扬子江：因有扬子津渡口，所以从隋炀帝时起，南京以下长江水域即称为扬子江。近代则通称长江为扬子江。

　　②桂楫：用桂木做成的船桨。此处代指船只。中流：渡水过半，指江心。

　　③空波：广大宽阔的水面。明：清晰。

　　④扬子驿：扬子津渡口边上的驿站，在长江北岸。属江苏江都县。

　　⑤润州城：在长江南岸，与扬子津渡口隔江相望。属江苏镇江县。

　　⑥边阴静：指海边阴暗幽静。

　　⑦朔吹：指北风。吹读第四声，原指合奏的声音，此处指北风的呼啸声。

　　⑧淅沥：指落叶的声音。度：传过来。

枫桥①夜泊

唐·张继

月落乌啼霜满天，江枫②渔火对愁眠。

姑苏城外寒山寺 ③，夜半钟声 ④ 到客船。

【题 解】

这首诗描写了一个秋天的夜晚，诗人泊船苏州城外的枫桥。江南水乡秋夜幽美的景色，吸引着这位怀着旅愁的游子，使他领略到一种情味隽永的诗意美，于是写下了这首意境深远的小诗。这首七绝是大历诗歌中最著名的一首。全诗意象密集：落月、啼乌、满天霜、江枫、渔火、不眠人，构成一种意韵浓郁的审美情境，表达了诗人旅途中孤寂忧愁的思想感情。

【注 释】

① 枫桥：在今江苏苏州市阊门外。
② 江枫：寒山寺旁边的两座桥"江村桥"和"枫桥"的合称。
③ 姑苏：苏州的别称，因城西南有姑苏山而得名。寒山寺：在枫桥附近，始建于南朝梁代。
④ 夜半钟声：当时僧寺有半夜敲钟的习惯，也叫"时间钟"。

【名 句】

姑苏城外寒山寺，夜半钟声到客船。

春 词

唐 · 刘禹锡

新妆宜面 ① 下朱楼，深锁春光一院愁。

行到中庭数花朵，蜻蜓飞上玉搔头②。

【题 解】

　　这是一首宫怨诗，写宫女新妆虽好，却无人欣赏。首句写粉脂宜面，新妆初成，艳丽妩媚，希冀宠幸；二句写柳绿花红，良辰美景，却独锁深院，满目生愁；三句写无端烦恼，凝聚心头，只好数花解闷；四句写凝神伫立，人花相映，蜻蜓作伴，倍显冷落。全诗层层叠叠，婉曲新颖。

【注 释】

　　①宜面：脂粉和脸色很相称。
　　②该句暗指头上之香，乃至引来了蜻蜓。

【名 句】

　　行到中庭数花朵，蜻蜓飞上玉搔头。

赏牡丹

唐·刘禹锡

庭前芍药妖无格①，池上芙蕖②净少情。
唯有牡丹真国色③，花开时节动京城④。

【题 解】

　　这首诗借赏牡丹，抒发表达了时人对牡丹的喜爱和尊崇。通过写芍药的"妖无格"和荷花的"净少情"，以烘托牡丹之美。诗中"真国色"三字，力重千钧，掷地有声，牡丹与芍药、荷花相比，雍容华贵、艳压群芳，才产生"动京城"的效应，神韵毕现。

【注 释】

　　① 妖：艳丽，妩媚。无格：牡丹别名木芍药，芍药为草本，又称没骨牡丹，故作者称其"无格"。
　　② 芙蕖：莲花。
　　③ 国色：原意为一国中姿容最美的女子，此指牡丹花色卓绝，艳丽高贵。
　　④ 京城：指代当时唐朝的京城长安。

【名 句】

　　唯有牡丹真国色，花开时节动京城。

月望洞庭①

唐·刘禹锡

　　湖光秋月两相和②，潭面无风镜未磨③。
　　遥望洞庭山水翠④，白银盘里一青螺⑤。

【题 解】

　　这首诗选择了月夜遥望的角度，把千里洞庭尽收眼底。诗人抓住最有代表性的湖光和山色，轻轻着笔，通过丰富的想象，巧妙的比喻，独出心裁地把洞庭美景再现于纸上，表现出诗人惊人的艺术功力。一首山水小诗，见出诗人富有浪漫色彩的奇思壮采。

【注 释】

　　① 洞庭：湖名，在今湖南省北部。
　　② 湖光：湖面的波光。两：指湖光和秋月。和：和谐。指水色与月光互相辉映。
　　③ 潭面：指湖面。镜未磨：古人的镜子用铜磨制成。这里一说是湖面无风，水平如镜；一说是远望湖中的景物，隐约不清，如同镜面没打磨时照物模糊一样。
　　④ 山水翠：一作"山翠色"，一作"山水色"。山：指洞庭湖中的君山。
　　⑤ 白银盘：形容平静而又清澈的洞庭湖面。白银：一作"白云"。青螺：这里用来形容洞庭湖中的君山。

题君山①

唐·雍陶

烟波②不动影沉沉，碧色全无翠色③深。
疑是水仙④梳洗处，一螺青黛镜⑤中心。

【题 解】

　　这是一首描绘洞庭君山的诗，起笔就很别致。诗人不是先正面写君山，而是从君山的倒影写起，别出心裁，以纤巧轻柔的笔触，描绘了一幅精细图景，并融入美丽的神话传说，以意取胜，写得活脱轻盈。这种"镜花水月"互相映衬的笔法，构成了这首小诗新巧清丽的格调，从而使君山的秀美，形神两谐地呈现在读者的面前。

【注 释】

　　① 君山：又称湘山、洞庭山，在今湖南洞庭湖中。
　　② 烟波：形容水波浩渺，远望仿佛有烟雾笼罩的样子。
　　③ 翠色：青翠深浓的山色。
　　④ 水仙：指湘君姊妹，传说二人死于湘江，成为水中女神。
　　⑤ 镜：喻指洞庭湖。

题金陵渡①

唐·张祜

金陵津渡小山楼②，一宿行人自可愁③。
潮落夜江斜月④里，两三星火是瓜洲⑤。

【题 解】

　　金陵渡是从镇江过长江的渡口。诗写旅客夜宿在金陵渡口的小山楼上，在月斜潮落的时候，远看对江有几点灯火，知道那里是瓜洲渡口，从而引起种种旅愁。一句"两三星火是瓜洲"以极平淡、自然的语气来揭出旅愁的来处。这种不着痕迹的抒情，可以说就是神韵之所在。

【注 释】

① 金陵渡：渡口名，在今江苏镇江市附近。

② 津：渡口。小山楼：渡口附近的小楼，作者住宿之处。

③ 宿：过夜。行人：旅客，指作者自己。可：当。

④ 斜月：下半夜偏西的月亮。

⑤ 星火：形容远处三三两两像星星一样闪烁的火光。瓜洲：在长江北岸，今江苏邗江县南部，与镇江市隔江相对，向来是长江南北水运的交通要冲。

灞上秋居

唐·马戴

灞原风雨定，晚见雁行频。

落叶他乡树，寒灯独夜人。

空园白露滴，孤壁野僧邻。

寄卧郊扉^①久，何年致此身^②。

【题 解】

这首诗写客居灞上而感秋来寂寞，情景萧瑟。首联写灞原上空萧瑟的秋气，秋风秋雨已定，雁群频飞。颔联写在他乡异土见到落叶和寒夜独处的悲凄。颈联写秋夜寂静，卧听滴露，孤单无依，与僧为邻更进一

步写出孤独的心境。尾联抒发诗人的感慨，表达怀才不遇，进身渺茫的悲愤。全诗写景朴实无华，写情真切感人。

【注释】

① 郊扉：犹郊居。
② 致此身：意即以此身为国君尽力。

过华清宫绝句

唐·杜牧

长安回望绣成堆^①，山顶千门次第^②开。
一骑红尘妃子^③笑，无人知是荔枝来。

【题解】

华清宫是唐玄宗开元十一年（723）修建的行宫，唐玄宗和杨贵妃曾在那里寻欢作乐。这首诗借古讽今，选取了唐玄宗不惜劳民伤财为杨贵妃供应荔枝的典型事件、场景加以艺术概括，既巧妙地总结了历史，又深刻地讽喻了现实，表达了诗人对最高统治者的穷奢极欲、荒淫误国的无比愤慨之情。

【注释】

① 绣成堆：指花草林木和建筑物像一堆堆锦绣。

②千门：形容山顶宫殿壮丽，门户众多。次第：按顺序，一个接一个的。

③一骑（jì）：指一人骑着一马。红尘：指策马疾驰时飞扬起来的尘土。

妃子：指贵妃杨玉环。

【名句】

一骑红尘妃子笑，无人知是荔枝来。

题扬州禅智寺①

唐·杜牧

雨过一蝉噪，飘萧②松桂秋。

青苔满阶砌，白鸟故迟留③。

暮霭④生深树，斜阳下小楼。

谁知竹西路，歌吹⑤是扬州。

【题解】

诗人写扬州禅智寺的静，开头用静中一动衬托，结尾用动中一静突出，相映成趣，艺术构思十分巧妙。诗人通过不同的角度，展示出禅智寺的幽静，至此似乎文章已经做完。然而，忽又别开生面，把热闹的扬州拉出来作陪衬，用"歌吹是扬州"来表现扬州市井的繁华，从而反衬出禅智寺的静寂，同时也突出了诗人孤独凄清和有所失落的心境。

① 禅智寺:《明统志》记载,"禅智寺在府城(今江苏扬州)东一十五里,本隋炀帝故宫,后建为寺"。清蒋叔起《丽滇荟录》卷九也有记载,"扬之禅智寺即上方寺,一名竹西寺,有石刻吴道子画宝志公像、李太白赞、颜鲁公书,称三绝碑,盖隋炀之故宫也。杨吴主隆演曾泛舟赏花于此"。

② 飘萧:零落飘坠的样子。

③ 白鸟:白羽之鸟,如鹤、鹭之类。迟留:停留,逗留。

④ 暮霭:傍晚的云气。

⑤ 歌吹:歌声和乐声。

寄扬州韩绰判官

唐·杜牧

青山隐隐水迢迢①,秋尽江南草未凋。
二十四桥明月夜,玉人②何处教吹箫。

【题 解】

这是一首调笑诗。诗的前两句写江南秋景,说明怀念故人的背景,后两句借扬州二十四桥的典故,与友人韩绰调侃。意思是说你处在东南形胜的扬州,当此深秋之际,在何处教人吹箫取乐呢?全诗意境优美,清丽俊爽,情趣盎然,千百年来,传诵不衰。

① 迢迢：形容遥远。
② 玉人：指韩绰，含赞美之意。

【名 句】

二十四桥明月夜，玉人何处教吹箫。

金谷园

唐·杜牧

繁华事散逐香尘①，流水无情草自春。
日暮东风怨啼鸟，落花犹似坠楼人②。

【题 解】

　　这是一首即景生情之诗，写诗人经过西晋富豪石崇的金谷园遗址而兴吊古情思。首句写金谷园昔日的繁华今已不见；二句写人事虽非，风景不殊；三、四两句即景生情，听到啼鸟声声似在哀怨；看到落花满地，想起当年坠楼自尽的石崇爱妾绿珠。全诗句句写景，层层深入，景中有人，景中寓情。写景意味隽永，抒情凄切哀婉。

【注 释】

　　① 香尘：石崇为教家中舞妓步法，以沉香屑铺象牙床上，使她们践踏，

无迹者赐以珍珠。

②坠楼人：指石崇爱妾绿珠，曾为石崇坠楼而死。

【名句】

日暮东风怨啼鸟，落花犹似坠楼人。

泊秦淮①

唐·杜牧

烟笼寒水月笼沙，夜泊秦淮近酒家。
商女②不知亡国恨，隔江犹唱后庭花③。

【题解】

这首诗是即景感怀之作。金陵曾是六朝都城，繁华一时。目睹如今
的唐朝国势日衰，当权者昏庸荒淫，不免重蹈六朝覆辙，诗人无限感伤。
诗中由歌曲之靡靡，牵出"不知亡国恨"，抨击豪绅权贵沉溺于声色，
含蓄深沉；由"亡国恨"推出"后庭花"的曲调，借陈后主之诗，鞭笞
权贵的荒淫，深刻犀利。

【注释】

①秦淮：河名，源出江苏溧水县，贯穿南京市。

②商女：卖唱的歌女。

③ 后庭花：歌曲名，即南朝李后主所作《玉树后庭花》，后人谓指
亡国之音。

【名句】

商女不知亡国恨，隔江犹唱后庭花。

叹 花

唐·杜牧

自是寻春①去较迟，不须惆怅怨芳时。
狂风落尽深红色，绿叶成阴子满枝。

【题解】

关于这首诗，有一个传说故事。说杜牧游湖州，见一民间女子，十
余岁。杜与其母相约，十年后来娶其女。十年后，此女已嫁为人妇，
生有二子。这首诗通篇叙事赋物，用自然界的花开花谢，"绿叶成
阴子满枝"，暗喻少女的妙龄已过，已结婚生子。这种比喻婉曲含蓄，
即使不知道与此诗有关的故事，只把它当作别无寄托的咏物诗，也是
很出色的。

【注释】

① 春：指花。

山 行

唐·杜牧

远上寒山石径斜^①，白云深^②处有人家。
停车坐^③爱枫林晚，霜叶^④红于二月花。

【题解】

这是一首描写和赞美深秋山林景色的七言绝句。诗人以枫林为主景，绘出了一幅色彩热烈、艳丽的山林秋色图。诗里写到了山路、人家、白云、红叶，这些景物不是并列的处于同等地位，而是有机地联系在一起。"霜叶红于二月花"是全诗的中心句，霜叶是春花所不能比拟的，不仅仅是色彩更鲜艳，而且更能耐寒，经得起风霜考验，这也是诗人内在精神世界的表露，志趣的寄托，能给读者以启迪和鼓舞。

【注释】

① 寒山：深秋季节的山。斜（xiá）：倾斜的意思。
② 深：一作"生"。
③ 坐：因为。
④ 霜叶：枫树的叶子经深秋寒霜之后变成了红色。

【名句】

停车坐爱枫林晚，霜叶红于二月花。

桂　林

唐·李商隐

城窄山将压，江^①宽地共浮。
东南通绝域^②，西北有高楼^③。
神护青枫^④岸，龙移白石湫^⑤。
殊乡竟何祷，箫鼓不曾休。

【题 解】

这首诗作于大中元年（847）六月初九抵桂州后不久。诗人受朝中党争牵累，被排斥出朝，随好友桂管观察使郑亚来到桂州，任掌书记闲职，心头自有一番滋味。桂林山水甲天下，然而在李商隐的笔下，桂林却是如此使人压抑。坎坷的生活际遇，形成了诗人独特的审美观。纵观全诗，无一字写到心境，却处处都透着诗人孤独的感受，含蓄委婉，寓意深长，读后使人荡气回肠。

【注 释】

①江：指桂江、荔江。
②绝域：极远之地。
③高楼：指雪观楼。此句用《古诗十九首》成句。
④神护青枫：《南方草木状》："五岭之间多枫木，岁久则生瘤瘿，一夕遇暴雷骤雨，其树赘暗长三五尺，谓之枫人。越巫取之作术，有通神之验。"
⑤白石湫：在桂林城北七十里，俗名白石潭。

早 梅

唐·张谓

一树寒梅白玉条，迥临村路傍溪桥。
不知近水花先发，疑是经冬雪未消。

【题解】

　　这首诗侧重写一个"早"字，首句既形容了寒梅的洁白如玉，又写出了早梅凌寒独开的风姿。第二句写这一树梅花远离人来车往的村路，临近溪水桥边。第三句说一树寒梅早发的原因是由于"近水"。第四句回应首句，诗人把寒梅疑作是经冬而未消的白雪。对寒梅花发，形色的似玉如雪，不少诗人也都产生过类似的错觉。通过此诗可见出诗人与寒梅在精神上的契合。

【名句】

　　不知近水花先发，疑是经冬雪未消。

阙 题

唐·刘眘虚

道由白云尽①，春与清溪长。
时有落花至，远随流水香。

闲门向山路②，深柳读书堂。
幽映每白日，清辉照衣裳。

【题 解】

从诗的语意看来，此诗似乎是写友人在暮春山中隐居读书的生活。诗以"暮春"为主题，白云春光，落花流水，柳色清辉，一片春光春色，清新自然，幽静多趣。全诗无奇词丽句，只把所见所闻如实道来，娓娓动听，使人读后快乐无限。

【注 释】

① 道由白云尽：指山路在白云尽处，也即在尘境之外。
② 闲门向山路：门一开，便可见上山之路。

早 秋

唐·许浑

遥夜泛①清瑟，西风生翠萝。
残萤栖玉露，早雁拂金河。
高树晓还密②，远山晴更多。
淮南一叶下，自觉洞庭波③。

【题 解】

这是一首描写早秋景色的咏物诗。题目是"早秋"，因而诗中处处

落在"早"字。"残萤"、"早雁"、"晓还密"、"一叶下"、"洞庭波"都扣紧"早"字。俯察、仰视、近看、远望，从高低远近来描绘早秋景色，真是神清气足，悠然不尽。

【注 释】

① 泛：弹，犹流荡。
② 还密：尚未凋零。
③ 这两句用《淮南子·说山训》中"见一叶落而知岁暮"和《楚辞·九歌·湘夫人》中"洞庭波兮木叶下"之意。

【名 句】

淮南一叶下，自觉洞庭波。

山亭夏日

唐·高骈

绿树阴浓①夏日长，楼台倒影②入池塘。
水晶③帘动微风起，满架蔷薇④一院香。

【题 解】

这是一首写景诗，描绘了山亭夏日的美好景色。读这首诗，犹如欣赏一幅美丽的图画。夏日的浓阴，池中的倒影，微风动帘，满院花香，给人以安宁、静谧的感觉。诗中有动有静，有色有香，是一幅立体的"山亭夏日图"，从多方面给人以美的享受。

【注 释】

① 阴浓：指树阴浓密。
② 楼台倒影：指池塘边的楼台映在水中的影子，仿佛楼台倒立在池塘中。
③ 水晶：无色透明的结晶石英，是一种贵重矿石。这里用来形容挂在门户上的帘子极为珍贵。
④ 蔷薇：一种落叶灌木，枝上有小刺，花为白色或淡红色，有香味。

【名 句】

水晶帘动微风起，满架蔷薇一院香。

冬 柳

唐·陆龟蒙

柳汀斜对野人窗 ①，零落衰条 ② 傍晓江。
正是霜风 ③ 飘断处，寒鸥 ④ 惊起一双双。

【题 解】

这是一首写景诗，诗中描绘了柳树在寒冬时的景象。诗人往往喜欢吟咏春柳，对风刀霜剑下的冬柳不怎么注意。陆龟蒙却抓住落枝惊寒鸥这一瞬间，画出了一幅静中有动的冬景图，表现了诗人独特的审美情趣。

① 柳汀：指湖岸边栽植柳树的地方。汀：水边或水中的陆地。野人：
指诗人自己。旧时朝野相对，因诗人不是在朝中做官，而是在乡间
隐居，所以自称"野人"。
② 零落：形容花草树木衰败凋落的样子。衰条：衰败的柳条。
③ 霜风：指冬天的寒风。
④ 寒鸥：冬天在水边的一种水鸟。

酬程延秋夜即事见赠

唐·韩翃

长簟^①迎风早，空^②城澹月华。
星河秋一雁，砧杵^③夜千家。
节候看应晚，心期卧已赊。
向来吟秀句，不觉已鸣鸦。

【题解】

这是一首酬答诗。为了酬诗，诗人通宵未眠，足见彼此心期之切。
诗的前四句写秋夜，声色俱全。其中颔联属对，尤其自然秀逸。颈联
写更深夜阑，心期而不得入眠。尾联写吟咏赠诗，不觉已鸦噪天曙。
全诗结构颇为严密，"星河秋一雁，砧杵夜千家"，清新活泼，实属
佳对。

① 簟：竹席。
② 空：形容秋天的清虚景象。
③ 砧杵：捣衣用具，古代捣衣多在秋夜。

同题仙游观

唐·韩翃

仙台初见五城楼①，风物凄凄宿雨②收。
山色遥连秦树晚，砧声近报汉宫秋。
疏松影落空坛静，细草香闲小洞幽。
何用别寻方外去，人间亦自有丹丘③。

【题 解】

　　这首诗写道士的楼观，是一首游览题咏之作。首联点明地点，切中题目"仙游观"。颔联写观外景物，先是见"秦树"，后是闻"砧声"。颈联写观内景物，先写高处"空坛"的静，后写低处"小洞"的幽，点明是道士居处。尾联称赞这个地方是神仙居处的丹丘妙地，不用再去寻觅他方了。全诗语言工美秀丽，音调婉转和鸣。

【注 释】

① 五城楼：《史记·封禅书》记方士曾言："黄帝时为五层十二楼，以候神人于执期，命曰迎年。"这里借指仙游观。

② 宿雨：隔宿的雨。

③ 丹丘：指神仙居处，昼夜长明。

春　晴

唐·王驾

雨前初见花间蕊^①，雨后兼无叶底花^②。
蜂蝶^③飞来过墙去，却疑^④春色在邻家。

【题　解】

这是一首描写春季景物变化的诗。写雨后漫步小园所见的残春之景。诗中摄取的景物很简单，也很平常，但平中见奇，饶有诗趣，字里行间流露出诗人惜别春天的感情。

【注　释】

① 初见花间蕊：初次看到花朵中刚绽开的花蕊。

② 兼无叶底花：连叶底的花儿也不见了。

③ 蜂蝶：蜜蜂和蝴蝶。

④ 疑：怀疑，这里含有猜度的意思。

【名　句】

蜂蝶飞来过墙去，却疑春色在邻家。

终南望余雪①

唐·祖咏

终南阴岭②秀，积雪浮云端。
林表明霁色③，城中增暮寒。

【题解】

这首诗是祖咏在长安应试时作的。按照规定，应该作成一首六韵十二句的五言排律，但他只写了这四句就交卷了。有人问他为什么，他说："意思已经完满了。"此诗写从长安城中遥望终南山，终南山的阴岭高出云端，积雪未化。"积雪浮云端"一句写出了终南山的高耸入云，表达了作者的凌云壮志。"城中增暮寒"写到因望余雪而增加了寒冷的感觉，意思的确完满了，就不必死守清规戒律，再凑几句了。

【注释】

① 终南：山名，在唐京城长安（今陕西西安）南面六十里处。余雪：指未融化之雪。
② 阴岭：北面的山岭，背向太阳，故曰阴。
③ 林表：林外，林梢。霁色：雨后的阳光。

【名句】

林表明霁色，城中增暮寒。

月　夜

唐·刘方平

更深月色半人家，北斗阑干^①南斗斜。
今夜偏知春气暖，虫声新透绿窗纱。

【题解】

　　这首诗是抒写感受大自然物候变化的，清新而有情致。诗的首二句是写仰望，寥廓天宇，月色空明，星斗阑干，暗隐时间流转；后二句是写俯视，大地静谧，夜寒料峭，虫声新透，感知春之信息。全诗构思新颖别致，不落窠臼，用语清丽细腻，妙然生趣。

【注释】

　　① 阑干：纵横的意思。

【名句】

　　今夜偏知春气暖，虫声新透绿窗纱。

南　湖^①

唐·温庭筠

湖上微风入槛^②凉，翻翻菱荇^③满回塘。

野船著岸偎春草，水鸟带波飞夕阳^④。

芦叶有声疑雾雨^⑤，浪花无际似潇湘。

飘然篷艇^⑥东归客，尽日相看忆楚乡^⑦。

【题 解】

这首诗风格清丽流美，写景如画，"水鸟"句、"芦叶"句尤为出色。前三联均写舟中所见南湖之景。因诗人之旧乡即在烟波浩渺的太湖滨，故见此"浪花无际"之南湖遂自然勾起对"楚乡"之思忆。"疑雾雨"的"疑"字用得也传神，蒙蒙如雾霭之雨仍嫌太大，故用"疑"字进一步将雨"细"化，细到只能闻声，不能辨形的程度。

【注 释】

①南湖：即今浙江绍兴的鉴湖。

②槛（jiàn）：栏杆，此处似指湖边台榭上的栏杆，亦泛指台榭。

③菱荇（xìng）：二者结为可食用的水生植物。

④飞夕阳：即"夕阳飞"的倒装，意谓在夕阳下飞。

⑤雾雨：蒙蒙细雨。

⑥篷艇：篷船。

⑦楚乡：指诗人在吴地（吴被楚灭，故又称楚地）太湖附近的旧乡。

利州南渡

唐·温庭筠

澹然^①空水对斜晖。曲岛苍茫接翠微^②。

波上马嘶看棹去^③，柳边人歇待船归。
数丛沙草群鸥散^④，万顷江田一鹭飞。
谁解乘舟寻范蠡^⑤，五湖烟水独忘机。

【题解】

　　这首诗写日暮渡口的景色，抒发诗人欲步范蠡后尘忘却俗念，功成身退的归隐之情。诗的起句写渡口的日暮，接着写江岸和江中景色，进而即景生情，点出题意，层次清晰，色彩明朗。

【注释】

　　① 澹然：水波动貌。
　　② 翠微：指青翠的山气。
　　③ 此句讲未渡的人，眼看着马鸣舟中，随波而去。波上：一作"坡上"。
　　　 棹：桨，也指船。
　　④ 此句讲船过草丛，惊散群鸥。
　　⑤ 范蠡：春秋时期楚国人，曾助越灭吴，为上将军。后辞官乘舟而去，
　　　 泛于五湖。

菩萨蛮

前蜀·韦庄

人人尽说江南好，游人只合江南老^①。春水碧于天，画船听雨眠。
垆边人似月，皓腕凝霜雪^②。未老莫还乡，还乡须断肠。

这首词描写了江南水乡的风光美和人物美,表现了词人对江南水乡的依恋之情,也抒发了词人漂泊难归的愁苦之感。上片开头两句与结尾两句抒情,中间四句写景、写人。纯用白描写法,清新明丽,真切可感。

【注 释】

① 游人:这里指漂泊江南的人,即作者自谓。合:应当。
② 垆边人:当垆卖酒的人,这里指女子。皓腕:洁白的手腕。

临江仙

前蜀·牛希济

洞庭波浪飐晴天 ①,君山一点凝烟 ②。此中真境属神仙 ③。玉楼珠殿,相映月轮边 ④。

万里平湖秋色冷,星辰垂影参然 ⑤。橘林霜重更红鲜 ⑥。罗浮山下,有路暗相连 ⑦。

【题 解】

这首《临江仙》写的是洞庭湖的秋夜景色。上下片铺排匀称,均是以写实景融合想象,由人间通连仙景,以赞美的语调渲染洞庭秋夜的美景,又以神话幻想传达出"别有天地非人间"的缥缈意境,虚实相间,引人不胜遐想。在语言的运用上,平易自然而又蕴藉有情致。

【注释】

① 洞庭：洞庭湖，在湖南省北部，为我国第一大淡水湖。飐：风吹浪动意。

② 此句意谓君山在广阔的洞庭湖中，远看就宛如一点凝烟。君山：在洞庭湖中，又名洞庭山、湘山。

③ 此句言君山是个神仙世界。关于君山的神话传说向来颇多。

④ 这二句是对神仙境界的想象。君山有湘妃祠，"玉楼珠殿"或指此。

⑤ 这二句意谓湖水宽阔，秋夜增寒，参差错落的繁星倒映在广袤的湖面上。参然：参差不齐的样子。

⑥ 此句言洞庭湖畔的橘林，经过秋霜后，橘子更加鲜红成熟。

⑦ 这二句用典故将洞庭湖与罗浮山联系起来，表现出对仙境的神往。

渔歌子

南平·孙光宪

泛流萤，明又灭。夜凉水冷东湾阔。风浩浩^①，笛寥寥^②，万顷金波^③澄澈。

杜若^④洲，香郁烈。一声宿雁霜时节。经雪水^⑤，过松江^⑥，尽属侬家风月。

【题解】

这首词情景交融，而且所有的情景都统摄于清秋的夜色。秋风浩荡，固然令人惬意，笛声悠扬，更可使人舒情。一轮皓月映照着广阔的江面，波光微茫，比往日更具澄净与清冽。渔夫的天地比别人宽广，心境自然也比别人疏旷。作品熔时间、空间于一炉，场面浩大，疏密有致，为读者描绘了一幅潇洒欢快的渔翁夜行图。

【注 释】

① 浩浩：广大的样子。
② 寥寥：稀疏。
③ 金波：指月光。
④ 杜若：香草名。
⑤ 霅（zhà）水：霅溪，在浙江吴兴县，流入太湖。
⑥ 松江：吴淞江，一名松陵江，在今江苏境内，是太湖最大的分支。

谒金门·春闺

南唐·冯延巳

风乍①起，吹皱一池春水。闲引②鸳鸯芳径里，手挼③红杏蕊。
斗鸭④阑干独倚，碧玉搔头斜坠。终日望君君不至，举头闻鹊喜。

【题 解】

这首脍炙人口的怀春小词，在当时就很为人称道。春风乍起，吹皱了一池碧水，这本是春日平常得很的景象。可是这一圈圈的涟漪，却搅动了一位女性的感情波澜。别看她貌似悠闲，但她的心思其实全不在此。随着几声喜鹊的欢叫，她的心像小鹿儿那样乱撞。该词以景托情，因物起兴的手法，蕴藏个人的哀怨，写得清丽、细密、委婉、含蓄。

　　① 乍：忽然。

　　② 闲引：无聊地逗引着玩。

　　③ 挼：揉搓。

　　④ 斗鸭：以鸭相斗为欢乐。

捣练子·秋闺

南唐·李煜

　　深院静，小庭空，断续寒砧①断续风。无奈夜长人不寐，数声和月到帘栊②。

【题 解】

　　这首小令通过对深院小庭夜深人静时断续传来的风声、捣衣声，以及映照着帘栊的月色的描写，刻意营造出一种幽怨欲绝的意境，让人不觉沉浸其中，去感受长夜不寐人的悠悠情怀。该词委婉地表达了思妇怀远的复杂心态。

【注 释】

　　① 砧（zhēn）：捣衣石。寒砧：寒夜捣衣声。

　　② 栊：窗户。

临江仙

南唐·李煜

樱桃落尽①春归去，蝶翻金粉双飞。子规②啼月小楼西，玉钩罗幕，惆怅暮烟垂。

别巷寂寥人散后，望残③烟草低迷。炉香闲袅凤凰儿④，空持罗带⑤，回首恨依依。

【题 解】

这首词是李煜在凉城被围时所作。全词意境皆从"恨"字生出：凉城危急，无力抵御。缅怀往事，触目伤情。开头"樱桃"二句，以初夏"樱桃落尽"的典型景物寓危亡之痛。江山如此危殆，美人如此憔悴，怎能不"回首恨依依"。结句点出一个"恨"字，回贯全篇。全词所发之亡国哀怨，深切感人。

【注 释】

① 樱桃落尽：这是初夏的典型景象，以之寓危亡之痛。
② 子规：即杜鹃，相传为失国的蜀帝杜宇之魂所化，鸣声凄厉。
③ 望残：眼望凄惨欲绝的景象。
④ 凤凰儿：此处似指衾枕上的彩饰。
⑤ 罗带：此处似喻指小周后。

村　行

北宋·王禹偁

马穿山径菊初黄，信马悠悠野兴①长。

万壑有声含晚籁，数峰无语立斜阳。

棠梨②叶落胭脂色，荞麦③花开白雪香。

何事吟馀忽惆怅？村桥原④树似吾乡。

【题解】

这首诗是诗人在宋太宗淳化二年（991）被贬为商州团练副使时写的。诗中写的是山村傍晚的景色，季节是秋天。诗人骑在马上，悠闲地欣赏沿途的风光，听黄昏时山谷的声响。就在诗人欣赏风景、吟咏诗歌的时候，突然发现眼前村庄里的小桥和原野上的树木，与自己故乡的十分相似，因而产生了思乡的愁绪。

【注释】

①野兴：指陶醉于山林美景，怡然自得的乐趣。
②棠梨：杜梨，又名白梨、白棠。落叶乔木，木质优良，叶含红色。
③荞麦：一年生草本植物，秋季开白色小花，果实呈黑红色三棱状。
④原：原野。

【名句】

棠梨叶落胭脂色，荞麦花开白雪香。

踏莎行·春暮

北宋·寇准

春色将阑①，莺声渐老，红英②落尽青梅小。画堂人静雨蒙蒙，屏山③半掩余香袅。

密约沉沉，离情杳杳，菱花④尘满慵将照。倚楼无语欲销魂，长空黯淡连芳草。

【题 解】

这首词即景写闺情，上片描绘暮春季节，微雨蒙蒙，寂寥无人的景象。下片写两地音书隔绝，闺中人倚楼远望，只见芳草连天，阴云蔽空，心中更觉忧郁愁苦。词风婉丽凄恻，清新典雅。

【注 释】

① 阑：残，尽。
② 红英：红花。
③ 屏山：屏风。
④ 菱花：镜子。

木兰花慢

北宋·柳永

拆①桐花烂漫，乍疏雨、洗清明②。正艳杏烧林③，缃桃绣野④，

芳景如屏⑤。倾城。尽寻胜去，骤雕鞍绀幰出郊坰。风暖繁弦脆管，万家竞奏新声⑥。

盈盈。斗草⑦踏青。人艳冶、递逢迎⑧。向路旁往往，遗簪堕珥⑨，珠翠纵横。欢情。对佳丽地，任金罍罄竭玉山倾⑩。拼却明朝永日，画堂一枕春醒⑪。

【题解】

《木兰花慢》始于柳永，此亦为清明词，历代词家多有赞誉，谓为"得音调之正"。清明时节，"桐花"、"疏雨"，富贵人家出城郊游，繁管竞奏，士女狂欢，踏青之热闹景象活脱纸上。结尾二句写词人的感受，亦反衬出清明景况之热闹。

【注释】

①拆：绽裂，开。桐树三月开花，色白如雪，十分美丽。

②这句写乍来一阵稀疏的微雨，将清明节时的景色洗得更加明丽。

③艳杏烧林：谓艳杏染红了树林。

④缃桃绣野：谓缃桃铺满了原野。缃桃：一种结浅红色果实的桃树。缃：嫩黄色，为缃桃花的颜色。著一"绣"字，则将缃桃拟人化。

⑤芳景如屏：美丽的景色就像屏风上画的一样。

⑥这四句写人们都争相出游踏青的盛况。绀：红色。幰：车幔。坰：郊野。繁弦脆管：泛指音乐。

⑦斗草：亦作"斗百草"，古代女子的一种游戏。

⑧递逢迎：互相打招呼。

⑨簪：簪子。珥：玉饰品。

⑩金罍：古代的酒器，用以盛酒，可盛一石。玉山倾：谓喝醉酒而倒地。

⑪春醒：春醉。醒：酒醉而神志不清。

红窗迥

北宋·柳永

小园东，花共柳，红紫又一齐开了。引将蜂蝶燕和莺，成阵价^①、忙忙走^②。

花心偏向蜂儿有，莺共燕，吃他拖逗^③。蜂儿却入，花里藏身、胡蝶儿，你且退后。

【题 解】

这首词写春景。上片起笔点出地点，紧接两句写树木花卉，展示出一片浓郁春意。"引将"三句借蜂、蝶、燕、莺，渲染春景之绚丽。下片开头具体写蝶戏花。"花心"两句赋生物以人的情态，生动有趣。"拖逗"一词，活画出莺、燕为花吸引却又无可奈何的神态。"蜂儿"两句写蜜蜂采蜜，"藏身"二字，活灵活现。最后两句以蜜蜂口吻写，更有妙趣。

【注 释】

① 成阵价：成群成片地。
② 忙忙走：飞来飞去。
③ 拖逗：宋元时口语，惹引，勾引。吃：被。

夜半乐

北宋·柳永

冻云^①黯淡天气，扁舟一叶，乘兴离江渚。渡万壑千岩^②，越

溪深处。怒涛渐息，樵风③乍起，更闻商旅相呼；片帆高举。泛画鹢、翩翩过南浦④。

望中酒旆⑤闪闪，一簇烟村，数行霜树。残日下、渔人鸣榔⑥归去。败荷零落，衰柳掩映，岸边两两三三、浣纱游女⑦。避行客、含羞笑相语。

到此因⑧念，绣阁轻抛，浪萍难驻。叹后约、丁宁竟何据⑨！惨离怀、空恨⑩岁晚归期阻。凝泪眼、杳杳神京⑪路，断鸿⑫声远长天暮。

【题 解】

柳永词善于铺叙，前面写景，感情悠游不迫，笔调舒徐从容，由叙述转为描绘。描叙内容也从自然现象转到社会人事，整体上层次分明，铺排有序。后面抒情，感情汪洋恣肆，一发难收，笔调也变得急促起来，抒写了悔当初、恨现在的感情；接着的几句，围绕着"别易会难"这一中心，作多角度的反复书写。

【注 释】

① 冻云：冬天浓重聚积的云。

② 万壑千岩：指千山万水。

③ 樵风：指顺风。

④ 画鹢（yì）：船首画鹢鸟，以图吉利。鹢是古书上说的一种水鸟，不怕风暴，善于飞翔。南浦：泛指水滨。

⑤ 望中：在视野里。酒旆：酒店用来招引顾客的旗幌。

⑥ 鸣榔：用长木棒敲击船舷。

⑦ 浣纱游女：水边洗衣劳作的农家女子。

⑧ 因：于是，就的意思。

⑨ 后约：约定以后相见的日期。丁宁：同"叮咛"，临别郑重嘱咐。

⑩ 空恨：徒恨。

⑪ 杳杳：遥远的意思。神京：指都城汴京。

⑫ 断鸿：失群的孤雁。

望海潮

北宋·柳永

东南形胜，三吴①都会，钱塘②自古繁华，烟柳画桥，风帘翠幕，参差十万人家③。云树④绕堤沙，怒涛卷霜雪，天堑无涯。市列珠玑，户盈罗绮，竞豪奢。

重湖叠巘清嘉⑤。有三秋⑥桂子，十里荷花。羌管弄⑦晴，菱歌泛夜，嬉嬉钓叟莲娃。千骑拥高牙⑧。乘醉听箫鼓，吟赏烟霞。异日图将好景，归去凤池夸⑨。

【题解】

这首词主要描写杭州的富庶与美丽。上片描写杭州的自然风光和都市的繁华，下片写西湖，展现杭州人民和平宁静的生活景象。全词以大开大阖、波澜起伏的笔法，浓墨重彩地展现了杭州繁荣壮丽的景象。此词慢声长调和所抒之情起伏相应，音律协调，是柳永的一首传世佳作。

【注释】

① 三吴：吴兴（今浙江湖州市）、吴郡（今江苏苏州市）、会稽（今浙江绍兴市）三郡，在这里泛指今江苏南部和浙江的部分地区。

② 钱塘：今浙江杭州，古时候为吴国的一个郡。

③ 风帘：挡风用的帘子。翠幕：青绿色的帷幕。参差：高下不齐貌。

④ 云树：树木如云，极言其多。

⑤ 重湖：以白堤为界，西湖分为里湖和外湖，所以也叫重湖。巘（yǎn）：小山峰。清嘉：清秀佳丽。

⑥ 三秋：即秋季，亦指秋季的第三月，即农历九月。

⑦ 羌管：即羌笛，羌族之簧管乐器。这里泛指乐器。弄：吹奏。

⑧ 高牙：高矗之牙旗。牙旗：将军之旌，杆上以象牙饰之，故云牙旗。

⑨ 图：描绘。凤池：全称凤凰池，原指皇宫禁苑中的池沼。此处指朝廷。

出守桐庐道中绝句 十首选二

北宋·范仲淹

其 八

素心爱云水①，此日东南行。
笑解尘缨②处，沧浪③无限清。

其 九

沧浪清可爱，白鸟鉴中飞。
不信有京洛，风尘化客衣。

【题 解】

这两首五绝皆写"沧浪"之清，但主旨不在写景，而是借以表白诗人自己谪官时的"素心"不改，显示出高尚的品格。诗人在出行途中望见高天白云悠悠，目睹道边流水潺潺，便暂时脱离了浮世的纷杂，投入到了大自然中去。望着清澈的钱塘江水，诗人心中充满了无限欢愉的感情。在第二首中诗人采用隐喻手法："白鸟鉴中飞"，即水上白鸟的倒影清晰无比，如同在明镜中高飞。范仲淹"不信"风尘能染污客衣，即不信恶劣环境能改变人的忠贞之志。

【注 释】

① 素心：本心，平素之心。云水：行云流水，引为各处游玩。
② 缨：帽带。
③ 浪：指河水。

苏幕遮①

北宋·范仲淹

碧云天，黄叶地，秋色连波，波上寒烟翠。山映斜阳天接水。芳草无情，更在斜阳外。

黯②乡魂，追旅思③，夜夜除非，好梦留人睡。明月楼高休独倚，酒入愁肠，化作相思泪。

【题 解】

这是一首思乡词。上片作者以碧云、黄叶、寒波、翠烟、绿草、红日勾勒出一幅清旷辽远的秋景图。下片作一转折，用"好梦留人睡"衬托旅人夜夜难以入睡的孤苦情怀。结尾两句，构思奇妙。

① 苏幕遮：唐代教坊曲名。又名《云雾敛》、《鬓云松令》。

② 黯：心情忧郁颓丧。

③ 旅思：羁旅异乡的客中愁思。

【名 句】

明月楼高休独倚，酒入愁肠，化作相思泪。

御街行 ①

北宋·范仲淹

纷纷坠叶飘香砌 ②。夜寂静，寒声碎。真珠帘卷玉楼空，天淡银河垂地。年年今夜，月华如练 ③，长是人千里。

愁肠已断无由醉，酒未到，先成泪。残灯明灭枕头敧 ④，谙 ⑤ 尽孤眠滋味。都来 ⑥ 此事，眉间心上，无计相回避。

【题 解】

这是一首怀人词。上片由更深夜静，听秋叶飘落于石阶之零碎声响写起，突出心之空虚和人之孤独，抒发良辰美景无人与共的孤愁。下片抒情。从整体构思看，"酒未到"二句，申说"无由醉"的理由，补足"愁肠已断"的事实，思路超拔。"残灯"句提起"孤眠滋味"，呼应开头"夜寂静，寒声碎"的境界。

① 御街行：又名《孤雁儿》。柳永创调。
② 香砌（qì）：指花坛。
③ 练：素绢。
④ 敧（qī）：倾斜。
⑤ 谙：熟悉。
⑥ 都来：算来。

绛州园池

北宋·范仲淹

绛台史君府①，亭阁参②园圃。
一泉③西北来，群峰高下睹。
池鱼或跃金④，水帘长布雨。
怪柏锁蛟虬⑤，丑石斗驱虎。
群花相倚笑，垂杨自由舞。
静境合通仙，清阴不知暑。
每与风月期⑥，可无诗酒助。
登临问民俗，依旧陶唐古⑦。

【题 解】

绛州园池即绛守居园池，又称莲花池，俗称隋代花园，在山西新绛县城西绛州古衙后院。始建于隋开皇十六年（596）。本诗写绛州园池的总貌和园池景色，赞美园池对游人巨大的吸引力和园池

历史的悠久。

【注 释】

① 绛台：春秋时晋平公在国都绛（今山西绛县）建造的高台。此处代
   指绛州。君：敬辞，用以称对方。
② 参：参与，加入。
③ 一泉：指鼓堆泉。当年内军将军临汾县令梁轨见当地的水既不能饮
   用又不可浇灌农田，遂从城西北九原山鼓堆泉引水，灌溉农田和供
   百姓饮用，余水蓄积于衙后池沼中，建莲亭，旁植竹木花卉，建成
   园池。
④ 跃金：指金鲤鱼跃出池面。
⑤ 蛟虬：与下句"驱虎"，均指假山形状。
⑥ 风月：清风明月，指美好的景色。期：约会。
⑦ 陶唐：唐尧。远古尧帝初居于陶，后封于唐，故称。此处代
   指远古。

木兰花·乙卯吴兴寒食①

北宋·张先

龙头舴艋②吴儿竞，笋柱③秋千游女并。芳洲拾翠④暮忘归，
秀野踏青⑤来不定。

行云⑥去后遥山暝，已放⑦笙歌池院静。中庭月色正清明，无
数杨花过无影。

　　这首词是一篇韵味隽永的佳作。整首词从热烈欢快渐趋恬静宁谧，成功地表达出一个悠闲的耄耋老人所独有的心理状态。此词既是一幅寒食节日的风俗画，又是一曲老者恬静的夕阳颂。上片从一旁观老翁的眼中见出热闹景象，热闹的景象中仍含有宁静的心情；下片幽静的月色下特意写了柳絮暗飘，亦可谓静中有动。全词情景交融，艺术效果颇佳。

【注 释】

　① 木兰花：又名《玉楼春》。吴兴：今浙江湖州市。
　② 舴艋：指竞赛的龙船。舴艋，乃小船，从"蚱蜢"取义。
　③ 笋柱：秋千架的形状。
　④ 拾翠：拾翠鸟的羽毛，以点缀首饰。这里用来比喻女子春游。
　⑤ 踏青：阴历二、三月出游郊外，以寒食、清明为盛，故名踏青。
　⑥ 行云：指天上的云彩，亦借指美人，是双关语。
　⑦ 放：古代歌舞杂戏，叫他们来时，叫"勾队"；遣他们去时，叫"放对"，略如现在放假放学的"放"。

踏莎行

北宋·晏殊

　　小径红稀①，芳郊绿遍②，高台树色阴阴见③。春风不解禁杨花，濛濛乱扑行人面。

　　翠叶藏莺，朱帘隔燕，炉香静逐游丝④转。一场愁梦酒醒时，斜阳却照深深院。

这是一首写暮春闲愁的作品，上片写暮春景色，蕴含淡淡的闲愁，将大自然春之气息表现得淋漓尽致，下片进一步对愁怨作铺垫。全词以写景为主，以意象的清晰、主旨的蒙眬而显示其深美而含蓄的魅力。

【注 释】

①红稀：花儿稀少。
②绿遍：草多而茂。
③阴阴见（xiàn）：显露出浓绿树阴。
④游丝：欲散未散的香炉轻烟。

蝶恋花①

北宋·晏殊

六曲阑干偎②碧树。杨柳风轻，展尽黄金缕③。谁把钿筝④移玉柱？穿帘海燕双飞去。

满眼游丝兼落絮。红杏开时，一霎⑤清明雨。浓睡觉来莺乱语，惊残好梦无寻处。

【题 解】

这是一首伤春惜春之作。开头三句以闲淡之笔写春景：碧树倚靠六曲阑干，此处正是当时与伊人流连处，轻风细展丝丝柳条，牵动念旧情绪。忽听传来弹筝的声音，更让人陷入迷茫的状态；双燕穿帘离去，倍感此身之孤独。上片景语皆情语。下片写送春之意。前三句仍是景语。四五句写人：浓睡中，被黄莺杂乱的啼叫惊醒，讨厌它破坏了我的好梦。醒后好梦可再也找不到了！全词浑成而隐约地表达出题旨，情入景中，音在弦外，篇终揭题。

【注 释】

① 蝶恋花：唐教坊曲，本名《鹊踏枝》，又名《桃源行》、《望长安》、《凤栖梧》、《转调蝶恋花》等。
② 偎：依靠。
③ 黄金缕：喻柳条。
④ 钿筝：饰以螺钿之筝。
⑤ 一霎（shà）：极短的时间。

破阵子①

北宋·晏殊

燕子来时新社②，梨花落后清明。池上碧苔三四点，叶底黄鹂一两声。日长飞絮轻。

巧笑③东邻女伴，采桑径里逢迎。疑怪昨宵春梦好，原是今朝斗草赢。笑从双脸生。

【题 解】

这是一首清新活泼的作品，具有淳朴的乡间泥土气息。上片写自然景物。众多意象秀美明丽，足见春色之娇人。下片写人物。用虚笔再现"女伴"的生活细节，将村姑的天真可爱一笔点到，与上片生机盎然的

春光形成十分和谐的画面美与情韵美。词末以"笑从双脸生"一句特写，收束全篇。

【注 释】

① 破阵子：唐代教坊曲名。又名《十拍子》。
② 新社：春社，在立春后，清明前，祭祀土地神，以祈丰收。
③ 巧笑：美好的笑。

木兰花

北宋·宋祁

东城渐觉风光好，縠皱波纹迎客棹①。绿杨烟外晓寒轻，红杏枝头春意闹。

浮生②长恨欢娱少，肯爱千金轻一笑③？为君持酒劝斜阳，且向花间留晚照。

【题 解】

这首词上片描绘春景，说春光渐好，春水轻柔；下片直抒惜春情怀，依恋春光，情极秾丽。宋祁因词中"红杏枝头春意闹"一句而名扬词坛，被世人称作"红杏尚书"。"绿杨烟"与"红杏枝"相互映衬，层次疏密有致；"晓寒轻"与"春意闹"互为渲染，表现出春天生机勃勃的景象。全词把对时光的留恋、对美好人生的珍惜写得韵味十足。

①縠皱波纹：形容波纹细如皱纹。縠（hú）皱：即皱纱，有皱褶的纱。
棹：船桨，此指船。
②浮生：指漂泊无定的短暂人生。
③肯爱：岂肯吝惜，即不吝惜。一笑：特指美人之笑。

【名 句】

绿杨烟外晓云轻，红杏枝头春意闹。

鲁山山行

北宋·梅尧臣

适与野情惬①，千山高复低。
好峰随处改，幽径②独行迷。
霜落熊升树③，林空鹿饮溪④。
人家在何许⑤，云外⑥一声鸡。

【题 解】

鲁山，在今河南鲁山县东北。这首诗语言朴素，描写了诗人深秋时节，林空之时，在鲁山中旅行时所见的种种景象。其中情因景生，景随情移，以典型的景物表达了诗人的"野情"，其兴致之高，为大自然所陶醉之情表露无遗。另外，诗境的揭示与开拓也留给人不尽的余韵。

　　① 野情：指爱好大自然景色的情怀。惬：满足。

　　② 幽径：幽深僻静的小路。

　　③ 熊升树：野熊爬上树。

　　④ 鹿饮溪：鹿在溪边饮水。

　　⑤ 在何许：在什么地方。

　　⑥ 云外：指山高云深处。

【名 句】

　　人家在何许，云外一声鸡。

采桑子 十首选二

北宋·欧阳修

其　一

轻舟短棹西湖①好，绿水逶迤，芳草长堤，隐隐笙歌②处处随。
无风水面琉璃滑，不觉船移，微动涟漪③，惊起沙禽掠岸飞。

其　二

群芳过后④西湖好，狼籍残红⑤，飞絮濛濛⑥。垂柳阑干⑦尽日风。
笙歌散⑧尽游人去，始觉春空。垂下帘栊⑨，双燕归来细雨中。

《采桑子》词共十首，是欧阳修晚年引退定居颍州西湖时所作，此选录二首。第一首描写湖上春游时节的喧闹情景以及湖水的明净澄碧，动中有静。第二首抒写在"狼籍残红，飞絮濛濛"的暮春时节，西湖显得格外的清静幽谧，仍不乏美的魅力。二词表现了作者晚年摆脱政务后，徜徉于秀美的湖光山色中的开朗、恬适的心境。

【注 释】

① 西湖：指颍州西湖。在今安徽太和县东南，是颍水和其他河流的汇合处。

② 笙歌：指歌唱时有笙管伴奏。

③ 涟漪：水的波纹。

④ 群芳过后：百花凋零之后。群芳：百花。

⑤ 狼籍残红：残花纵横散乱的样子。残红：落花。狼籍，同"狼藉"，散乱的样子。

⑥ 濛濛：今写作"蒙蒙"。

⑦ 阑干：横斜，纵横交错。

⑧ 散：消失，此处指乐曲声停止。

⑨ 帘栊：窗帘和窗棂，泛指门窗的帘子。

丰乐亭游春 三首

北宋·欧阳修

其 一

绿树交加山鸟啼，晴风荡漾落花飞。

鸟歌花舞太守^①醉，明日酒醒春已归。

其　二

春云淡淡日辉辉，草惹行襟絮拂衣。
行到亭前逢太守，篮舆酩酊插花归。

其　三

红树^②青山日欲斜，长郊草色绿无涯^③。
游人不管春将老^④，来往亭前踏落花。

【题解】

　　丰乐亭在滁州（治所在今安徽滁县）西南丰山北麓，琅琊山幽谷泉上。此亭为欧阳修任知州时所建。他写了一篇《丰乐亭记》，记叙了亭子附近的自然风光和建亭的经过，由苏轼手书后刻石。这三首诗作于宋庆历七年（1047）春。三首诗都是前两句写景，后两句抒情。写景鲜艳斑斓，抒情含意深厚，情致缠绵，余音袅袅。

【注释】

①太守：汉代一郡的地方长官称太守，唐代称刺史，也一度用太守之称，
　宋朝称权知某军州事，简称为知州。诗里称为太守，乃借用汉唐称谓。
②红树：开红花的树，或落日反照的树，非指秋天的红叶。
③长郊：广阔的郊野。无涯：无边际。
④老：逝去。一作"尽"。春将老：春天将要过去。

安阳好

北宋·韩琦

安阳①好，形势魏西州②。曼衍③山川环故国，升平歌吹沸高楼。和气镇飞浮④。

笼画陌，乔木几春秋。花外轩窗排远岫，竹间门巷带长流。风物更清幽。

【题解】

这首词是作者在宋神宗即位后，出镇相州时所作。安阳是作者的家乡，对家乡的山水，作者自然是倍加赞赏的。全词如一幅优美的山水画，浓淡有致，虚实相间。上片以虚带实，从各个方面概括赞誉了安阳。下片则是具体描绘了安阳的风物清幽。

【注释】

① 安阳：在今河南安阳市西南，是宋代相州治所，历来是中原重镇。
② 形势：指地理形势。魏西州：犹言战国时魏国之西河重镇。
③ 曼衍：蔓延，连绵不绝。
④ 此句言和睦祥瑞之气笼罩了河上的行舟。飞浮：舟行貌。

过苏州

北宋·苏舜钦

东出盘门刮眼明①，萧萧疏雨更②阴晴。

绿杨白鹭俱自得，近水远山皆有情。
万物盛衰天意在，一身羁苦俗人轻^③。
无穷好景无缘住，旅棹区区^④暮亦行。

【题 解】

这首诗的首联总写苏州风光之明媚爽目。诗人喜爱苏州、留恋苏州之情，从"刮眼明"三字传出。诗人体会到万物的盛衰是有自然规律的，可是人世间的万事也是有规律的吗？宠辱升迁，穷达进退，却为什么往往被颠倒了呢？尾联表达了诗人离开苏州时的依恋之情。

【注 释】

①刮眼明：景物格外美好，使眼界开阔。
②更：改变。
③俗人轻：被世俗之人所看轻。
④区区：仆仆，形容旅途劳累困顿。

初晴游沧浪亭^①

北宋·苏舜钦

夜雨连明^②春水生，娇云浓暖弄阴晴。
帘虚日薄花竹静，时有乳鸠相对鸣。

这是一首七言绝句，诗人借景抒情，通过对雨后沧浪亭的景色描写，表达了作者恬静安逸的心情。王国维说："一切景语，皆情语也。"生机勃发、静谧安宁的境界，正是诗人闲适恬静心情的写照。

【注 释】

① 沧浪亭：苏州园林之一，作者被贬废后购建，取名"沧浪"。
② 连明：直至天明。

西湖①纳凉

北宋·曾巩

问吾何处避炎蒸②，十顷西湖照眼明。
鱼戏一篙新浪满③，鸟啼千步绿阴成④。
虹腰⑤隐隐松桥出，鹢首⑥峨峨画舫行。
最喜晚凉风月好，紫荷香里听泉声。

【题 解】

这首诗是作者知齐州期间写的。作者乘画舫泛游湖上，湖面如镜，鱼戏浪起，月映湖中，虹桥迷茫隐现，岸上绿阴莺啼，本就是令人心旷神怡的境界，再加上"紫荷香里听泉声"，更增添了无限美好的情趣，道出了纳凉欢愉的心境。

① 西湖：指济南的大明湖。

② 避炎蒸：避暑纳凉。

③ 一篙：指水的深度，即一篙深的水。新浪满：泛起满湖波浪。

④ 千步绿阴：形容绿阴又长又阔。

⑤ 虹腰：形容松桥像弧形的虹一样雅观。

⑥ 鹢首：船首，泛指船。

题西太一宫①壁

北宋·王安石

柳叶鸣蜩②绿暗，荷花落日红酣③。
三十六陂④春水，白头想见江南。

【题 解】

这首诗作于宋神宗熙宁年间王安石做朝官时，诗中描述了作者期望实施新法后，三十六陂地区将会出现好年景。

【注 释】

① 西太一宫：道教庙宇，宋仁宗天圣时期所建，在今河南开封市西八角镇。

② 蜩：蝉。

③ 酣：浓。

④陂：山坡。

北　山①

北宋·王安石

北山输绿涨横陂，直堑回塘滟滟时②。
细数落花因坐久，缓寻芳草得归迟。

【题解】

北山即钟山，又称紫金山，位于江苏南京市中山门外，作者变法失败后，辞职退居江宁（今南京）。在春天时到北山游玩，为雨后落花飘飘点点的美景所陶醉而流连忘返，就写了这首诗，描绘春天的美丽景色，抒发爱春惜时的情感。作者通过细腻的观察，捕捉生动的意象，以平易的语言表现自己内心的情绪、感受。"细数"、"缓寻"既烘托了萧散旷逸、从容不迫的神态，又暗含了一种百无聊赖的闲愁。

【注释】

①北山：今江苏南京东郊的钟山。
②堑：沟渠。滟滟：形容春水在阳光下闪闪发光的样子。

庆清朝慢①·踏青

北宋·王观

调雨为酥，催冰做水，东君②分付春还。何人便将轻暖，点破残寒。结伴踏青去好，平头鞋子小双鸳③。烟郊外、望中秀色，如有无间。

晴则个④，阴则上，饾饤⑤得天气，有许多般。须教镂花⑥拨柳，争要先看。不道吴绫⑦绣袜，香泥斜沁几行斑。东风巧、尽收翠绿，吹上眉山。

【题 解】

这首词咏踏青，"调雨"、"催冰"，"将轻暖，点破残寒"，将春意完全赋予动态，显示出自然的运动和春情衍生的过程。接着写踏青。"平头鞋子小双鸳"，突出"踏青"主题的主要描写对象，将踏青女子们融入"烟郊"似有似无的"秀色"中。

【注 释】

① 庆清朝慢：王观所创之调。

② 东君：司春之神。古亦称太阳为东君。

③ 小双鸳：鞋面所绣之双鸳图案。

④ 则个：表示动作进行时的语助词，近于"着"或"者"。全句意思相当于有时晴，有时阴。

⑤ 饾饤（dòu dìng）：堆砌辞藻。此处亦作堆砌解，含幽默语气。

⑥ 镂花：一作"撩花"。

⑦ 吴绫：吴地所产绫罗丝绸。

临平①道中

北宋·道潜

风蒲猎猎②弄轻柔，欲立③蜻蜓不自由。
五月临平山下路，藕花无数满汀洲④。

【题解】

这首诗描绘了夏季临平山下的优美风景。诗人把蒲草拟人化，写得它像有知觉、有感情似的，在有意卖弄它的轻柔。蜻蜓欲立又不能自由停立的瞬间姿态，也写得很传神。作者静中写动，以动衬静的艺术技巧运用得十分高超。

【注释】

①临平：指临平山，在今浙江杭州市东北。
②风蒲猎猎：风吹蒲草发出的声响。蒲：多年生草本植物，也叫蒲草，茎可供编织用。猎猎：形容风声的象声词。
③欲立：想要站立。这里是蜻蜓想要在蒲草上停留的意思。
④藕花：荷花。汀洲：水中平地或水边平地，这里指汀洲间的水面。

秋　月

北宋·程颢

清溪流过碧山头①，空水澄鲜②一色秋。

隔断红尘③三十里，白云红叶两悠悠④。

【题 解】

  这首诗描绘了秋天月夜的美好景色。诗人以高超的艺术技巧，描绘了一幅优美的图画。画中有山有水，月色照到水中，溪水映照着天空，天空倒映入溪水，境界十分开阔。后两句借景写情，流露出作者向往过那超尘绝俗、清静悠闲的生活。

【注 释】

  ① 清溪：指清清的溪水。碧山：长满绿树的山，碧绿的山。
  ② 空水：天空和溪水，这里指天空映入溪水。澄鲜：这里形容天空和
   溪水清澈澄碧、美丽可爱的样子。
  ③ 红尘：指人世间。
  ④ 悠悠：这里形容悠闲自在的样子。

【名 句】

隔断红尘三十里，白云红叶两悠悠。

酒泉子

北宋·潘阆

长①忆观潮，满郭②人争江上望，来疑沧海尽成空，万面鼓声中③。

弄潮儿^④向涛头立，手把红旗旗不湿。别来几向梦中看，梦觉^⑤尚心寒。

【题解】

这首词描绘了钱塘江潮涌的壮美风光。"争"、"望"二字，生动地表现了人们盼潮到来的殷切心情，从空间广阔的角度进行烘托，与大潮的壮观结合得甚为密切。结尾言梦醒后尚心有余悸，更深化了潮水的雄壮意象。前后的烘托与中间重点描写当中的夸张手法紧密配合，使全词的结构浑然一体。

【注 释】

① 长：通假字，通"常"，常常，经常。
② 郭：城，满郭即满城。
③ 万面鼓声中：写潮来时，潮声像万面金鼓一时齐发，声势震人。
④ 弄潮儿：原指朝夕与潮水周旋的水手或在潮中戏水的少年人。现常用来比喻有勇敢进取精神的人。
⑤ 觉：睡醒。

【名 句】

弄潮儿向涛头立，手把红旗旗不湿。

永遇乐

北宋·苏轼

彭城夜宿燕子楼①，梦盼盼，因作此词。

明月如霜，好风如水，清景无限。曲港跳鱼，圆荷泻露，寂寞
无人见。纮如②三鼓，铿然③一叶，黯黯梦云惊断④。夜茫茫，重
寻无处，觉来小园行遍。

天涯倦客，山中归路，望断故园心眼⑤。燕子楼空，佳人何在，
空锁楼中燕。古今如梦，何曾梦觉，但有旧欢新怨。异时对，黄楼⑥
夜景，为余浩叹。

【题 解】

这首词是作者夜宿燕子楼感梦抒怀之作，作者以倒叙笔法写惊梦游
园，描写燕子楼小园的无限清幽之景，抒写凭吊燕子楼之感慨。这首词
包含了古与今、倦客与佳人、梦幻与佳人的绵绵情事，传达了一种带有
某种禅意玄思的人生空幻、淡漠感，隐藏着某种要求彻底解脱的出世意
念。词中"燕子楼空"三句，千古传诵，深得后人赞赏。

【注 释】

① 彭城：今江苏徐州。燕子楼：唐代徐州尚书张建封（一说张建封
之子张愔）为其爱妓盼盼在宅邸所筑小楼。
② 纮如：击鼓声。
③ 铿然：清越的音响。
④ 梦云：夜梦神女朝云。云：喻盼盼。典出宋玉《高唐赋》楚王梦见神女：
"朝为行云，暮为行雨。"惊断：惊醒。

⑤ 心眼：心愿。

⑥ 黄楼：徐州东门上的大楼，苏轼为徐州知州时建造。

【名句】

燕子楼空，佳人何在，空锁楼中燕。

浣溪沙

北宋·苏轼

山下兰芽短浸溪，松间沙路净无泥。萧萧暮雨子规啼①。
谁道人生无再少②？门前流水尚能西。休将白发③唱黄鸡。

【题解】

这首词上片以淡疏的笔墨写景，景色自然明丽，雅淡凄美；下片既以形象的语言抒情，又于即景抒慨中融入哲理，启人心智，令人振奋。词人政治上失意后积极、乐观的人生态度，催人奋进。这首词从山川景物着笔，却进一步探索人生的哲理，表达作者热爱生活、旷达乐观的人生态度，使得整首词如同一首意气风发的生命交响乐。

【注释】

① 萧萧：同"潇潇"，指雨声。子规：杜鹃的别名。

② 无再少：不能再回到少年时代。

③ 休将：不要。白发：指老年。白居易《醉歌》："谁道使君不解歌，
听唱黄鸡与白日。黄鸡催晓丑时鸣，白日催年酉前没。腰间红绶系
未稳，镜里朱颜看已失"。这里反用其意，谓不要自伤白发，悲叹
衰老。

【名句】

谁道人生无再少？门前流水尚能西。休将白发唱黄鸡。

浣溪沙

北宋·苏轼

元丰七年十二月二十四日，从泗州刘倩叔游南山。

细雨斜风作晓寒，淡烟疏柳媚晴滩①。入淮清洛渐漫漫②。
雪沫乳花浮午盏，蓼茸蒿笋试春盘③。人间有味是清欢④。

【题解】

这首词从眼前景物着笔，掇拾眼前景物，却涉笔成趣，寓意深刻，
有自然浑成之妙。上片写游山沿途景观，色彩清丽而境界开阔。"淡烟"、
"疏柳"着一"媚"字，将景物神态写活。下片写清茶野餐、春盘初试
的杯盏清欢。一盏泛着乳白色水泡的香茶和一盘碧绿的春蔬，一白一绿，
相互映衬，清新巧妙，刻画入微。结尾处作者将笔致宕开，说"人间有
味是清欢"，意蕴深刻。

① 淡烟：淡淡的烟云。媚：妩媚，此处用以表现"淡烟"、"疏柳"的动态之美。滩：指南山附近的十里滩。

② 洛：指洛涧，今安徽洛河。漫漫：水流顺畅貌。

③ 雪沫乳花：形容煎茶时上浮的白泡。蓼茸：蓼菜的嫩芽。

④ 此句言人间最有意味的，莫过于清幽恬淡的欢愉。

【名句】

人间有味是清欢。

望江南

北宋·苏轼

春未老，风细柳斜斜。试上超然台①上看，半壕②春水一城花。烟雨暗千家。

寒食③后，酒醒却咨嗟④。休对故人思故国⑤，且将新火⑥试新茶。诗酒趁年华。

【题解】

熙宁九年（1076）暮春，苏轼登超然台，眺望春色烟雨，触动乡思，写下了此作。这首豪迈与婉约相兼的词，通过春日景象和作者感情、神态的复杂变化，表达了词人豁达超脱的襟怀和"用之则行，舍之则藏"的人生态度。词中浑然一体的斜柳、楼台、春水、城花、烟雨等暮春景

象，以及烧新火、试新茶的细节，细腻、生动地表现了作者细微而复杂的内心活动，表达了游子炽烈的思乡之情。

【注 释】

① 超然台：在密州（今山东诸城）城北。
② 壕：指护城河。
③ 寒食：古时于冬至后一百零五日，即清明前两日（亦有于清明前一日），禁火三日，谓之寒食节。
④ 咨嗟：嗟叹声。
⑤ 故国：指故乡，亦可理解为故都。
⑥ 新火：寒食禁火，节后再举火称新火。

【名 句】

休对故人思故国，且将新火试新茶。

江城子

北宋·苏轼

湖上与张先同赋①，时闻弹筝。

凤凰山②下雨初晴，水风清，晚霞明。一朵芙蕖③，开过尚盈盈。何处飞来双白鹭，如有意，慕娉婷④。

忽闻江上⑤弄哀筝，苦含情，遣谁听！烟敛云收，依约是湘灵⑥。欲待曲终寻问取，人不见，数峰青。

【题解】

据宋张邦基《墨庄漫录》载："东坡在杭州，一日游西湖，见湖心有一彩舟渐近，中有一女风韵娴雅，方鼓筝，二客竞目送之。一曲未终，人翩然不见。公因作此长短句戏之。"全词上片写景，下片写人。作者富有情趣地紧扣"闻弹筝"这一词题，从多方面描写弹筝者的美丽与音乐的动人。词中将弹筝人置于雨后初晴、晚霞明丽的湖光山色中，使人物与景色相映成趣，音乐与山水相得益彰。情景交融，曲折含蓄，情韵无限。

【注 释】

① 湖：指杭州西湖。张先：北宋著名词人。
② 凤凰山：在杭州西湖南面。
③ 芙蕖：荷花。
④ 娉婷：姿态美好，此处指美女。
⑤ 江上：宋袁文《瓮牖闲评》引作"筵上"。
⑥ 湘灵：湘水女神，相传原为舜妃。

【名 句】

欲待曲终寻问取，人不见，数峰青。

蝶恋花

北宋·苏轼

花褪残红①青杏小。燕子飞时，绿水人家绕。枝上柳绵吹又少。天涯②何处无芳草。

墙里秋千墙外道。墙外行人，墙里佳人笑。笑渐不闻声渐悄③。多情却被无情恼④。

【题 解】

这是一首描绘晚春的感怀之作。上片写暮春自然风光，春去夏来，自然界发生了许多变化。视角由小到大，由近渐远地展开，极富色彩感和运动感。"天涯何处无芳草"，是对暮春景色的描述，又点化游春少年的惆怅。下片写春游途中的见闻和感想：一道短墙将少年与佳人隔开，佳人笑声牵动少年的芳心，也引起少年的烦恼。

【注 释】

① 花褪残红：残花凋谢。
② 天涯：指极远的地方。
③ 笑渐不闻声渐悄：墙外行人已渐渐听不到墙里荡秋千的女子的笑语欢声了。
④ 多情：指墙外行人。无情：指墙里的女子。恼：引起烦恼。

【名 句】

枝上柳绵吹又少。天涯何处无芳草。

饮湖①上初晴后雨

北宋·苏轼

水光潋滟②晴方好，山色空濛雨亦奇③。

欲把西湖比西子④，淡妆浓抹总相宜⑤。

【题解】

　　这首诗中诗人将"西湖"比作"西子"，诗人抒发的是一时的才思，但这一比喻遂成为对西湖的固定评价。从此，人们常以"西子湖"作为西湖的别称。后人对这一比喻更深为赞赏，常在诗中提到。其特点是概括性强。它写的不是西湖的一处之景或一时之景，而是对西湖的全面写照和全面评价，具有超越时空的艺术价值。这首诗的流传，为西湖的景色增添了光彩。

【注 释】

　　① 饮湖：在西湖上饮酒。湖：指杭州西湖。
　　② 潋滟：波光闪动的样子。
　　③ 空濛：形容细雨迷茫的样子。奇：美妙，与诗中"好"同义。
　　④ 西子：西施，春秋时代越国有名的美女。
　　⑤ 相宜：适合。

【名句】

　　欲把西湖比西子，淡妆浓抹总相宜。

海 棠

北宋·苏轼

东风袅袅泛崇光①，香雾空蒙月转廊。

只恐夜深花睡去 ②，故烧高烛照红妆。

【题 解】

这首词刻画微风中的海棠，着意表现海棠的色彩，写出了在月光的照耀下，在微风的吹拂中，海棠花朵闪烁不定的情景。本诗后两句，一反常规，把花比作美人，自出机杼，令人耳目一新。

【注 释】

① 崇光：形容在高处的海棠的光泽。
② 夜深花睡去：暗用唐玄宗赞杨贵妃"海棠睡未足耳"的典故。

【名 句】

只恐夜深花睡去，故烧高烛照红妆。

行香子 ①

北宋·苏轼

过七里濑 ②

一叶 ③ 舟轻，双桨鸿惊。水天清、影湛 ④ 波平。鱼翻藻鉴 ⑤，鹭点烟汀 ⑥。过沙溪急，霜溪冷，月溪明。

重重似画，曲曲如屏 ⑦。算当年、虚老严陵 ⑧。君臣 ⑨ 一梦，今古空名⑩。但远山长，云山乱，晓山青。

【题解】

苏轼贬谪杭州任通判期间，尽管仕途不顺，却仍然生活得轻松闲适。他好佛老而不溺于佛老，看透生活而不厌倦生活，善于将沉重的荣辱得失化为过眼云烟，在大自然的美景中找回内心的宁静与安慰。词中那生机盎然、活泼清灵的景色中，融注着词人深沉的人生感慨和哲理思考。苏东坡经常发出"人生如梦"的感慨，有的评论家由此便批评苏东坡消极、悲观，但人们仍然爱苏词。人们从苏词中得到的，不是灰色的颓唐，而是绿色的欢欣，是诗情画意的美感享受。

【注释】

① 行香子：词牌名。

② 七里濑：又名七里滩、七里泷，在今浙江桐庐县城南三十里。濑：沙石上流过的急水。

③ 一叶：舟轻小如叶，故称"一叶"。

④ 湛（zhàn）：清澈。

⑤ 藻鉴：亦称藻镜，指背面刻有鱼、藻之类纹饰的铜镜，这里比喻像镜子一样平的水面。

⑥ 鹭：一种水鸟。汀（tīng）：水中或水边的平地，小洲。

⑦ 屏：屏风，室内用具，用以挡风或障蔽。

⑧ 严陵：严光，字子陵，东汉人，曾与刘秀同学，并帮助刘秀打天下。后隐居。

⑨ 君臣：君指刘秀，臣指严光。

⑩ 空名：世人多认为严光钓鱼是假，"钓名"是真。这里指刘秀称帝和严光垂钓都不过是梦一般的空名而已。

贺新郎①

北宋·苏轼

乳燕飞华屋。悄无人、槐阴转午②，晚凉新浴。手弄生绡白团扇③，扇手一时似玉④。渐困倚、孤眠清熟。帘外谁来推绣户？枉教人、梦断瑶台曲。又却是、风敲竹。

石榴半吐红巾蹙⑤。待浮花、浪蕊都尽⑥，伴君幽独。秾艳一枝细看取⑦，芳心千重似束。又恐被、西风惊绿⑧。若待得君来向此，花前对酒不忍触。共粉泪、两簌簌⑨。

【题 解】

这首词抒写闺情，表现女子孤独、抑郁的情怀。夏日午后，如花似玉的美人沐浴后趁凉入睡，又被风吹竹声惊醒；伊人观赏石榴花，惜花怜人，情丝缠绻，对花落泪，相思断肠。这首词隐约地抒写了作者怀才不遇的抑郁情怀。苏轼笔下的佳人，大多风姿绰约，雍容闲雅，给人一种洁净如玉、一尘不染的美感。作者赋予词中的美人、榴花以孤芳高洁、自伤迟暮的品格和情感，在这两个美好的意象中渗透进自己的人格和感情。词中写失时之佳人，托失意之情怀；以婉曲缠绵的儿女情长，寄慷慨郁愤的身世之感。

【注 释】

① 贺新郎：苏轼创调。又名《乳燕飞》、《金缕曲》、《金缕歌》、《风敲竹》等。

② 槐阴转午：槐树阴影转移，已到午后。

③ 生绡：生丝织成的绢。白团扇：由白绢做成的圆形的扇子，古代仕女常执之。

④ 扇手一时似玉：扇子和女子执扇的手都像玉一样的洁白。

⑤ 红巾蹙：形容石榴花花开，像一条紧束起来的有褶纹的红巾。白居易《题孤山寺山石榴花示诸僧众》有"山榴花似结红巾"句。

⑥ 浮花、浪蕊：指轻艳浮华的花卉，如桃、杏之类。

⑦ 秾：茂盛。看取：看、取是语助词，用于动词之后。

⑧ 西风惊绿：秋风惊落石榴花，留下满树绿叶。

⑨ 粉泪：女子的眼泪。簌簌：纷纷落下的样子。

诉衷情

北宋·仲殊

宝月山①作

清波门②外拥轻衣，杨花相送飞。西湖又还春晚，水树乱莺啼。闲院宇，小帘帏。晚初归。钟声已过，篆香③才点，月到门时。

【题解】

这是一首暮春即兴之作。上片写湖畔春景。"水树乱莺啼"一句，俨然一幅江南春色图，五字便将丘迟《与陈伯之书》所述"暮春三月，江南草长，杂花生树，群莺乱飞"的佳景括尽。下片写宝月寺静寂清幽的环境，空灵而充满禅机。"篆香"二字，想象奇异，工致入微。

【注释】

① 宝月山：在今杭州市南，上有宝月寺。

② 清波门：在今杭州西南，濒临西湖，为游赏佳处。

③ 篆香：形容回旋上升的烟缕如同篆字。

柳梢青

北宋·仲殊

岸草平沙，吴王故苑①，柳袅②烟斜。雨后寒轻，风前香软，春在梨花。

行人一棹③天涯。酒醒处，残阳乱鸦。门外秋千，墙头红粉，深院谁家④？

【题 解】

这首词的上片描写吴中春天的景色，一句一景，炼字遣意精炼含蓄。过片"行人一棹天涯"，透露出上片一句一景的缘由，原来是舟行所见。"一棹天涯"不仅写出了风顺舟轻、画面如闪的原因，也写出了词人无拘无束、浪迹天涯的神态。下片写酒醒后吴中的暮景。"门外秋千，墙头红粉，深院谁家"三句，于自然景色中翻出新的意境，神韵悠然。

【注 释】

① 吴王故苑：吴王夫差为西施在灵岩山所筑的馆娃宫，今苏州西南灵岩山的灵岩寺即其旧址。

② 袅：形容柳枝细长柔软。

③ 一棹：犹言一桨。

④ 此三句言墙头上露出荡秋千姑娘的身影，这是谁家深院的姑娘呢？

红粉：妇女化妆用的胭脂和白粉，也代指美人。

【名句】

门外秋千，墙头红粉，深院谁家？

水调歌头

北宋·黄庭坚

瑶草①一何碧，春入武陵溪②。溪上桃花无数，枝上有黄鹂。我欲穿花寻路，直入白云深处，浩气展虹霓。只恐花深里，红露湿人衣③。

坐玉石，倚玉枕，拂金徽④。谪仙何处？无人伴我白螺杯⑤。我为灵芝仙草，不为朱唇丹脸，长啸亦何为⑥。醉舞⑦下山去，明月逐人归。

【题解】

这首词上片写幽雅清纯的世外桃源般的仙境美景，构成令人心驰神往的神话般的世界。下片写身临其境徜徉其间的狂态逸情。所坐、所倚、所拂的身边事物，件件高洁不俗。结尾写词人放浪形骸的风姿。全词写景寓情、寄托理想，融桃源遗韵和谪仙风情于一体，别具特色。

① 瑶草：仙草。
② 武陵溪：在今湖南常德。此处代指世外桃源。
③ 此二句形容竹径花丛仙露晶莹欲滴。
④ 拂金徽：指弹琴。
⑤ 此二句言倾慕李白的飘逸狂放，感叹缺少知音。
⑥ 此三句写自己的志趣品格。愿为超尘的仙草，不作悦人趋时的姜妇。
⑦ 醉舞：词中指放浪自得之志。

夜 坐

北宋·张耒

庭户无人秋月明，夜霜欲落气先清①。
梧桐真不甘衰谢，数叶迎风尚有声。

【题 解】

这首诗写秋、写月、写夜、写桐，却有别具一格的境界。诗人静坐中庭，只见几片不甘凋落的梧桐叶子沙沙作响，令人不由想起顽强抗争的精神。诗人在抒写恬静的心境、幽雅的气氛之际，也赋予了桐叶由衷的赞美。

【注 释】

①气：气氛。清：冷清。

初见嵩山

北宋·张耒

年来鞍马困尘埃，赖有青山豁我怀。
日暮北风吹雨去，数峰清瘦^①出云来。

【题 解】

这首诗描写的对象是嵩山，但在很大程度上又是在表现诗人自己。人们在精神上以什么作为慰藉，往往能见出志趣和品格。困顿于仕途，赖以慰藉情怀的是嵩山，诗人的情志也表现了出来。

【注 释】

① 清瘦：形容雨水冲刷后山峰的苍青峻拔。

望海潮

北宋·秦观

梅英^①疏淡，冰澌溶泄^②，东风暗换年华。金谷俊游，铜驼巷陌，新晴细履平沙。长记误随车，正絮翻蝶舞，芳思^③交加。柳下桃蹊^④，乱分春色到人家。

西园^⑤夜饮鸣笳，有华灯碍月，飞盖^⑥妨花。兰苑^⑦未空，行人渐老，重来是事堪嗟。烟暝^⑧酒旗斜。但倚楼极目，时见栖鸦。无奈归心，暗随流水到天涯。

【题 解】

　　这是一首伤春怀旧之作。诗人先是追怀往昔客居洛阳时结伴游览名园胜迹的乐趣，继写此次重来旧地时的颓丧情绪，虽然风景不殊，却丧失了当年那种勃勃的兴致。倚楼之际，于苍茫暮色中，见昏鸦归巢，归思转切。词人旧地重游，人事沧桑给他以深深地触动，使他油然而生惜旧之情，写下了这首词。

【注 释】

① 梅英：梅花。
② 冰澌（sī）：冰块流融。溶泄：溶化流泄。
③ 芳思：春天引起的情思。
④ 桃蹊：桃树下的小路。
⑤ 西园：金谷园。
⑥ 飞盖：飞驰车辆上的伞盖。
⑦ 兰苑：美丽的园林，亦指西园。
⑧ 烟暝：烟霭弥漫的黄昏。

十七日观潮

北宋·陈师道

漫漫平沙走白虹①，瑶台②失手玉杯空。
晴天摇动清江底③，晚日浮沉④急浪中。

诗人词客以观潮写诗填词的不少，这是其中有名的一首。每年农历八月十七日，是钱塘江观潮的日子。这天，钱塘江的大潮涌来时，十分壮观，来观潮的人山人海。诗中形象地描绘了钱塘江大潮涌来时的壮阔景象，想象丰富。"瑶台失手玉杯空"的诗句，为历代人们所称道。

【注 释】

① 漫漫：形容大水遍地而来的样子。走白虹：形容潮水来时卷起的浪花，有如一道奔跑的白虹。
② 瑶台：神话传说中仙人居住的地方，用白玉砌的楼台，叫瑶台。
③ 此句的意思是晴空倒映在江底不停地摇动。
④ 浮沉：浮起与下沉。

【名 句】

漫漫平沙走白虹，瑶台失手玉杯空。

浣溪沙

北宋·周邦彦

翠葆①参差竹径成，新荷跳雨②泪珠倾。曲阑斜转小池亭。
风约帘衣归燕急，水摇扇影戏鱼惊。柳梢残日弄微晴。

这首词写夏日乍雨还晴的景色，体物工巧。新竹成林，新荷跳雨，柳梢弄晴，新颖别致；曲阑斜转，风约帘衣，水摇扇影，通篇皆写景，别具一格。虽不涉人事，而景中之人含有一种闲适之趣。全词清新柔丽，委婉多姿。

【注 释】

① 翠葆：草木新生的枝芽。
② 跳雨：形容雨滴打在荷叶上如蹦玉跳珠。

过秦楼①

北宋·周邦彦

水浴清蟾②，叶喧凉吹，巷陌马声初断。闲依露井，笑扑流萤③，惹破画罗轻扇。人静夜久凭栏，愁不归眠，立残更箭④。叹年华一瞬，人今千里，梦沉⑤书远。

空见说鬓怯琼梳，容消金镜，渐懒趁时匀染⑥。梅风地溽⑦，虹雨苔滋，一架舞红⑧都变。谁信无聊为伊，才减江淹，情伤荀倩。但明河影下，还看稀星数点。

【题 解】

这是一首即景思人之作。秋夜之景唤起词人对美好往事的回忆，上片写当年凭栏闲看她的娇憨可爱的情景，历历在目。又转写今日孤独，离别后天各一方，音信阻隔，连梦也没有。下片写所思之人：自别离后怕梳妆，镜里容颜日瘦，"梅风"三句在景语中进一步表述人生来都要老去的自然规律。接下来说自己为了所思之人而伤感，只能数着稀落的星星发呆。

【注 释】

① 过秦楼：词牌名。
② 清蟾：明月。
③ 扑流萤：捕捉萤火虫。
④ 更箭：古代以铜壶水滴漏，水壶中立箭标刻度以计时辰。
⑤ 梦沉：梦灭。
⑥ 趁时匀染：赶时髦而化妆打扮。
⑦ 溽（rù）：湿润。
⑧ 舞红：落花。

虞美人

北宋·周邦彦

疏篱曲径田家小，云树开清晓。天寒山色有无中，野外一声钟起、送孤篷①。

添衣策马寻亭堠②，愁抱③惟宜酒。菰蒲④睡鸭占陂塘，纵被行人惊散、又成双。

这首词妙在以景寓情，含而不露。上片以田家的闲逸幽静，暗示自己的相思之情，以远山和晨钟，烘托自己漂泊天涯的孤独。下片以陂塘睡鸭，反衬自己的离恨之苦。全词虽然只有一处明写"愁抱"，但处处皆是愁景。

【注 释】

①篷：船帆，此处代指船。
②亭堠：古时观察敌情的岗亭。此处借指驿馆。
③愁抱：愁怀。
④菰蒲：两种水草名。

玉楼春

北宋·周邦彦

桃溪不作从容住，秋藕断来无续处。当时相候赤栏桥，今日独寻黄叶路。

烟中列岫①青无数，雁背夕烟红欲暮。人如风后入江云，情似雨余粘地絮。

【题 解】

这是一首写仙凡恋爱的词作。开头点出桃溪，引用刘、阮遇仙之典故，自怜缘浅。轻写一笔，委婉动人，"秋藕"句重顿一笔。而"桃溪"、"秋藕"一暗一明，分点春秋，暗寓昔今不同。"当时"、"今日"，对比强烈情深意切。而"赤栏桥"、"黄叶路"又是一暗一明，分点春秋。"人如"、"情似"的结尾句，工整合情。全词句句含情，字字含情，前后照应，累累如贯珠。

【注 释】

① 岫：山。

【名 句】

人如风后入江云，情似雨余粘地絮。

拜星月 ①

北宋·周邦彦

夜色催更，清尘收露，小曲幽坊月暗。竹槛灯窗，识秋娘庭院。笑相遇，似觉琼枝玉树 ② 相倚，暖日明霞光烂。水眄兰情 ③，总平生稀见。

画图中、旧识春风面 ④，谁知道、自到瑶台 ⑤ 畔。眷恋雨润云温，苦惊风吹散。念荒寒、寄宿无人馆。重门闭、败壁秋虫叹。怎奈向、一缕相思，隔溪山不断。

【题 解】

这首词状写恋情及别后相思。上片追忆与情人首次幽会。"平生稀见"

是对佳人的总体评价。下片换头"画图中"一句交代相见之前，业已慕名。"眷恋雨润云温"是写见面后之情事。"苦惊风吹散"，揭示出欢后苦别的悲剧。"念荒寒"四句写今日自己的飘零落魄。结尾三句，更是凄艳动人。此作通过对昔日恋情的追忆，表达仕途失落后的悲惨心态。

【注 释】

① 拜星月：唐教坊曲名《拜星月》，周邦彦改为慢词长调。
② 琼枝玉树：指美人佳士。
③ 水眄兰情：目盼如秋水，情香如兰花。眄（miàn）：顾盼。
④ 画图中、旧识春风面：词人用旧典以昭君喻"秋娘"。
⑤ 瑶台：仙人所居处。

尉迟杯①

北宋·周邦彦

隋堤路，渐日晚，密霭②生烟树。阴阴淡月笼沙③，还宿河桥深处。无情画舸，都不管、烟波隔前浦。等行人醉拥重衾，载将离恨归去。

因念旧客京华，长偎傍疏林，小槛欢聚。冶叶倡条④俱相识，仍惯见珠歌翠舞。如今向渔村水驿，夜如岁、焚香独自语。有何人念我无聊，梦魂凝想鸳侣。

【题 解】

这是一篇抒写离愁之作。上片写"密霭生烟树"，景中已透露出前途迷茫之感。下片前半忆旧。"旧客京华"本有许多情事可以回顾，但词人却只回忆与妓女们的"欢聚"。下片后半又回到现实。"渔村水驿"，它与京都"珠歌翠舞"的鲜明对比，强化了落魄的凄楚。所以"夜如岁"二句便显得甚有分量。"梦魂凝想鸳侣"又表现出愁极无聊时仍痴迷于旧情。此词营造出的忧愁胜境，独具一格。

【注释】

① 尉迟杯：词牌名。
② 密霭：浓云密雾。
③ 淡月笼沙：化用杜牧《泊秦淮》："烟笼寒水月笼沙，夜泊秦淮近酒家。"
④ 冶叶倡条：指歌妓。

瑞鹤仙①

北宋·周邦彦

悄郊原带郭。行路永，客去年尘漠漠。斜阳映山落，敛余红，犹恋孤城阑角。凌波步弱②，过短亭、何用素约③。有流莺劝我，重解绣鞍，缓引春酌④。

不记归时早暮，上马谁扶，醒眠朱阁。惊飙⑤动幕。扶残醉、绕红药。叹西园，已是花深无地，东风何事又恶。任流光过却，犹喜洞天⑥自乐。

【题解】

这首词写偶遇旧时相知的伤感之情，表现词人向往神仙自在境界的

意绪。此词据周邦彦说是"梦中得句",并将此词与方腊起义联系起来。当时词人为躲避起义,东奔西避,但词中并无一语对起义的微词,只在尾句竟唱出"任流光过却,犹喜洞天自乐"的轻快之调,反映出词人晚年对朝廷时局的不满与出世之愿。

【注 释】

① 瑞鹤仙:此调始于北宋,周邦彦词为正体。
② 凌波步弱:指步伐轻盈的歌女。
③ 素约:旧约。
④ 春酌:春酒。
⑤ 惊飙:惊人的暴风。
⑥ 洞天:道家谓神仙所居之地。

夜游宫 ①

北宋·周邦彦

叶下斜阳照水。卷轻浪、沉沉千里。桥上酸风射眸子 ②。立多时,看黄昏、灯火市。

古屋寒窗底。听几片、井桐飞坠。不恋单衾 ③ 再三起。有谁知,为萧娘 ④、书一纸。

【题 解】

这首词为即景抒情之作。上片写接到情人(萧娘)书信后的沉痛情绪。落叶、斜阳、江水,千里不绝,是立在桥上的词人视角所及。而江水"沉沉千里",是词人心潮的表征。由"斜阳"而"黄昏",而"灯火",揭示出词人长久地伫立于冷风之中,酸泪欲滴。下片写室内愁怀。古屋寒窗,凄凉森冷,但"不恋单衾再三起"的原因,却是"萧娘、书一纸"!结尾点出主旨。

【注 释】

① 夜游宫:调名,可能取汉成帝"宵游宫"意。晋王嘉《拾遗记》:"汉成帝好微行,于太液池傍起宵游宫,以漆为柱,铺黑绨之幕,器服乘舆,皆尚黑色。"

② 酸风射眸子:指冷风刺眼使酸鼻。

③ 单衾(qīn):薄被。

④ 萧娘:唐人泛称女子为萧娘,男子为萧郎。

【名 句】

桥上酸风射眸子。

瑞龙吟

北宋·周邦彦

章台路①,还见褪粉梅梢,试花②桃树,愔愔坊陌③人家,定巢燕子④,归来旧处。

黯凝伫,因念个人痴小,乍窥门户⑤。侵晨浅约宫黄⑥,障风映袖,盈盈笑语。

前度刘郎⑦重到,访邻寻里。同时歌舞,惟有旧家秋娘⑧,声

价如故。吟笺赋笔，犹记燕台句^⑨。知谁伴，名园露饮^⑩，东城闲步^⑪。事与孤鸿去^⑫，探春尽是，伤离意绪。官柳低金缕^⑬，归骑晚、纤纤池塘飞雨，断肠院落，一帘风絮。

【题 解】

这首词写词人回京后访问旧友的复杂心情。全词三段，回忆当年初来时所见所爱，忆念伊人。当年万种风情，宛在目前。抚今追昔，极写物是人非的哀戚。"歌舞"依旧，"秋娘"不在，于是引发过去与"秋娘"的一段文字姻缘的回顾。此作以铺叙手法形象披露内心愁苦，今昔交错，人物情绪与作品境界均给予动态性的表现。

【注 释】

① 章台路：章台，台名，此处代指妓女聚居之地。

② 试花：形容刚开花。

③ 愔愔：幽静的样子。坊陌：一作"坊曲"，意与章台路相近。

④ 定巢燕子：语出杜甫《堂成》诗："暂止飞鸟将数子，频来语燕定新巢。"

⑤ 乍窥门户：宋人称妓院为门户人家，此有倚门卖笑之意。

⑥ 浅约宫黄：又称约黄，古代妇女涂黄色脂粉于额上作妆饰，故称额黄。

⑦ 前度刘郎：指唐代诗人刘禹锡。

⑧ 旧家秋娘：这里泛指歌妓舞女。

⑨ 燕台句：指唐李商隐《燕台四首》。此处用典，暗示昔日情人已归他人。

⑩ 露饮：梁简文帝《六根忏文》中有"风禅露饮"，此处借用字面意思，指露天而饮，极言其欢纵。

⑪ 东城闲步：用杜牧与旧爱张好好之事。

⑫ 事与孤鸿去：化用杜牧《题安州浮云寺楼寄湖州张郎中》："恨如

春草多，事与孤鸿去。"

⑬官柳低金缕：柳丝低拂之意。官柳：指官府在官道上所植杨柳。金缕：喻指柳条。

蝶恋花

北宋·贺铸

几许伤春春复暮。杨柳清阴，偏碍游丝度。天际小山桃叶步^①，白花满湔裙^②处。

竟日微吟长短句。帘影灯昏，心寄胡琴语。数点雨声风约住^③。朦胧淡月云来去。

【题 解】

这首词即景抒情，以模糊的情调写蒙眬的恋情，使得全词颇有蒙眬之美。上片"伤春春复暮"中含有无可奈何的伤感；"桃叶步"在"天际"，极写故人遥远。下片以沉闷的氛围烘托心境的灰暗。结尾处写风起雨停，一轮淡月若隐若现，似乎又给了作者微茫的希望。

【注 释】

① 桃叶步：桃叶渡。江边可系舟而上下之处曰"步"。

② 湔（jiān）裙：古代的一种风俗，指农历正月元日至月晦，女子洗衣于水边，以避灾祸，平安度过厄难。

③ 雨声风约住：风拦住雨声，指风起而雨停。

忆秦娥

北宋·贺铸

晓朦胧，前溪百鸟啼匆匆。啼匆匆。凌波^①人去，拜月楼空。

去年今日东门东，鲜妆辉映桃花红^②。桃花红。吹开吹落，一任东风。

【题 解】

这首词是从唐朝诗人崔护《题都城南庄》诗"去年今日此门中，人面桃花相映红。人面不知何处去，桃花依旧笑东风"化出。上片景色已给人一种伤感不已的情绪，下片以"吹开吹落"再申此意，读后更令人愁情萦绕，悲感深婉超过原诗。

【注 释】

① 凌波：形容女子走路轻盈，后代指美人。

② 此句化用唐朝诗人崔护诗句："去年今日此门中，人面桃花相映红。"

踏莎行

北宋·贺铸

杨柳回塘^①，鸳鸯别浦^②，绿萍涨断莲舟路^③。断无蜂蝶慕幽香，红衣脱尽芳心苦^④。

返照迎潮^⑤，行云带雨，依依似与骚人语^⑥：当年不肯嫁春风，无端却被秋风误^⑦！

【题 解】

　　这首词是咏荷花，寄寓了作者的身世之感。词的上片描写了一个祥和而恬静的池塘。而荷花却生长在池塘僻静处，只能寂寞地凋落。就像一位美女，无人欣赏，无人爱慕，饱含零落的凄苦。词人通过美人的自嗟自叹，也暗露了自己年华的虚度。下片仍借美人之口言志：即使凄风冷雨，我仍然不愿在百花争艳的春天开放，宁愿盛开在炎炎的夏日。

【注 释】

　　① 回塘：曲折的水塘。
　　② 别浦：江河的支流入水口。
　　③ 绿萍涨断莲舟路：这句的意思是，水面布满了绿萍，采莲船难以前行。
　　④ 红衣：形容荷花的红色花瓣。芳心苦：指莲心有苦味。以上两句是说，虽然荷花散发出清香，可是蜂蝶都断然不来，它只得在秋光中独自憔悴。
　　⑤ 返照：夕阳的回光。潮：指晚潮。
　　⑥ 依依：形容荷花随风摇摆的样子。骚人：诗人。
　　⑦ 不肯嫁春风：诰出韩偓《寄恨》诗："莲花不肯嫁春风。"贺铸是把荷花和桃杏隐隐对比。以上两句写荷花有"美人迟暮"之感。

【名 句】

　　当年不肯嫁春风，无端却被秋风误！

望九华

北宋·晁补之

云端忽露碧屏颜^①，如髻如簪缥缈间^②。
惊骇舟中齐举首，不言知是九华山。

【题解】

这首诗描绘九华山宛如海市蜃楼的峻秀景象，起笔写九华山从"云端忽露"，像仙境一样，隐现于迷茫的云雾中；后两句侧写，由人们的初见惊骇，烘托出九华山的壮观，可以说起笔不凡，落笔惊人。

【注释】

① 屏（chán）颜：斑驳陆离貌，色彩斑斓绚丽；又指高峻的山岭。九华山山势雄奇，最高峰十王峰，海拔 1342 米，四周群峰耸峙，海拔超过千米的高峰就有三十余座。

② 此句讲九华山的诸峰形态各异，状物拟人皆栩栩如生，呈奇献秀。

洞仙歌

北宋·李元膺

雪云散尽，放晓晴庭院。杨柳于人便青眼^①。更风流多处、一点梅心，相映远，约略颦^②轻笑浅。
一年春好处，不在浓芳，小艳疏香^③最娇软。到清明时候，百紫千红，花正乱。已失春风一半。早占取、韶光^④共追游，但莫管春寒，醉红自暖。

【题 解】

这是一首咏春之作，作者极力赞美春光。上片写冬雪后放晴，杨柳绽绿，梅花提醒人们及早探春，莫留遗憾，向人们送来微笑。下片以百花在清明时盛开后随即凋残、春已过去一半的事实，反衬柳梅独占春天前半的荣耀，引出结尾的议论：探春者要早占春景，不怕春寒，醉心畅游，内心自暖！

【注 释】

① 青眼：指对人喜爱或器重。与"白眼"相对。
② 颦：皱眉。
③ 小艳：指柳。疏香：梅。林逋《山园小梅》诗云："疏影横斜水清浅，暗香浮动月黄昏。"
④ 韶光：美好的春光，常喻青春年华。

踏莎行·元夕

北宋·毛滂

拨雪寻春，烧灯^①续昼。暗香院落梅开后。无端夜色欲遮春，天教月上官桥^②柳。

花市无尘，朱门如绣。娇云瑞雾笼星斗。沈香^③火冷小妆残，半衾轻梦浓如酒。

词人拨雪寻春，乃至燃灯续昼，其雅兴已似痴。腊梅开后，白雪残存，月上柳梢，云雾笼星，沉香烟消，其梦境又如醉。全词写得清丽婉转，韵味淳郁，清疏空灵。

【注 释】

① 烧灯：即燃灯。
② 官桥：在山东滕县东南四十五里，跨薛河。
③ 沉香：水香木制成的薰香。

玉楼春·己卯岁元日

北宋·毛滂

一年滴尽莲花漏①。碧井酴酥②沈冻酒。晓寒料峭尚欺人，春态苗条先到柳。

佳人重劝千长寿。柏叶椒花芬翠袖。醉乡深处少相知，祗与东君③偏故旧。

【题解】

这是一首辞旧迎新的贺岁词。词中写道：春寒虽未消退，但词人已满怀如对故友般的期待，迎接即将到来的春天。虽然有佳人歌女劝酒助兴，可是词人却为早春的物候所惊，好像见到了久别重逢的故旧。本词明倩韵致，风度萧闲，构思新颖，令人百读不厌。

① 莲花漏：一种状如莲花的铜制漏水计时器，相传为庐山僧惠远所造。
② 酴酥：即屠苏，酒名。
③ 东君：春神。

江城子

北宋·谢逸

题黄州杏花村馆驿壁

杏花村馆酒旗风。水溶溶①。扬残红。野渡舟横，杨柳绿阴浓。望断江南山色远。人不见，草连空。

夕阳楼外晚烟笼。粉香融。淡眉峰。记得年时，相见画屏中。只有关山今夜月，千里外，素光②同。

【题 解】

这首词由写景到怀人；由现在到过去，又由过去写到现在。通过景物描写，抒发作者怀人的幽思。杨柳浓阴，碧水溶溶。野渡无人，山色淡远。杏花村馆，环境清雅。全词情景交融，清新蕴藉，委婉含蓄，饶有韵致。

【注 释】

① 溶溶：形容水流动貌。
② 素光：形容月光皎洁。

菩萨蛮

南宋·苏庠

宜兴①作

北风振野云平屋，寒溪淅淅②流冰谷。落日送归鸿，夕岚③千万重。

荒陂垂斗柄④，直北乡山近。何必苦言归，石亭春满枝。

【题 解】

这首词作于苏庠客游宜兴时，写风卷平野、寒凝大地的萧瑟景象，而无愁惨之色，体现了苏庠不乐仕进，安于闲适，随遇而安的情怀。张元幹曾评说苏庠云："吾友养直，平生得禅家自在三昧，片言只字，无一点尘埃，宇宙山川，云烟草木，千变万态，尽在笔端，何曾气索？"

【注 释】

① 宜兴：今江苏宜兴市。

② 淅淅：流水声。

③ 岚：雾气。

④ 陂：山坡。斗柄：北斗七星。

蝶恋花 · 福州横山阁①

南宋 · 李弥逊

百迭青山江一缕，十里人家，路绕南台②去。榕叶满川飞白鹭，疏帘半卷黄昏雨。

楼阁峥嵘天尺五，荷芰风清，习习消袢暑③。老子人间无著处，一尊来作横山主。

【题解】

这首词是作者登览福州横山阁所见所感之作。该词描绘了横山阁一带的壮观景象，也流露出词人心中的苦闷和不平。"老子"二句似有寄情山水、玩世不恭之情态，然联系作者身世境遇，却另有意蕴。作者在南宋初，曾力主抗金，反对议和，为秦桧所排斥，晚年退隐，抑郁不得志。由此可知，这两句融进了作者徒怀壮志、无从施展的郁愤。

【注释】

①横山阁：在今福建福州市区西南隅乌石山上。
②南台：南台山，一名钓台山，在福州城南，面临闽江。
③袢暑：闷热。

石州慢

南宋 · 张元幹

寒水依痕①，春意渐回，沙际烟阔②。溪梅晴照生香，冷蕊数

枝争发。天涯旧恨，试看几许消魂？长亭门外山重叠。不尽眼中青，是愁来时节。

情切。画楼深闭，想见东风，暗消肌雪③。辜负枕前云雨④，尊前花月。心期切处，更有多少凄凉，殷勤留与归时说。到得再相逢，恰经年离别。

【题 解】

这是一首写游子思家的伤春词。上片开头三句写春回，接下二句咏梅，"天涯旧恨"是全词主旨。下片转写对家中妻子的思念，抒发相思之苦。有人认为此词是作者借思家写政治上受迫害的复杂心情。词意含蓄蕴藉，耐人咀嚼。

【注 释】

① 化用杜甫《冬深》诗："早霞随类影，寒水各依痕。"
② 此二句化用杜甫《阆水歌》："更复春从沙际归。"
③ 肌雪：庄子《逍遥游》："藐姑射之山，有神人焉。肌肤若冰雪，绰约若处子。"
④ 枕前云雨：此处指夫妇欢合。

怨王孙

南宋·李清照

湖上风来波浩渺①，秋已暮、红稀香少②。水光山色与人亲，说不尽、无穷好。

莲子已成荷叶老,清露洗、苹花汀草③。眠沙鸥鹭不回头,似也恨、人归早。

【题 解】

这是一首秋景词,词人以其独特的方式,细腻委婉又具体形象地传达出一种特色鲜明的阴柔之美。作者不说人们如何的喜爱山水,倒说"水光山色与人亲",将大自然人情化、感情化。这首词造景清新别致,描写细密传神,巧妙地运用拟人化手法,写出了物我交融的深秋美意,耐人寻味。

【注 释】

① 浩渺:开阔无边,漫无边际。
② 红稀香少:红花凋零,香味淡薄。
③ 苹:多年生的水草。汀:水中陆地。

一剪梅

南宋·李清照

红藕香残玉簟秋①,轻解罗裳,独上兰舟②。云中谁寄锦书③来?雁字回时,月满西楼。

花自飘零水自流,一种相思,两处闲愁。此情无计可消除,才下眉头,却上心头。

这首词作于词人与丈夫赵明诚离别之后，寄寓着作者不忍离别的一腔深情，反映出初婚少妇沉溺于情海之中的纯洁心灵。"红藕香残玉簟秋"领起全篇，这一兼写户内外景物而景物中又暗寓情意的起句，一开头就显示了这首词的环境气氛和它的感情色彩。一些词评家极为赞赏此句。"红藕香残"写户外之景，"玉簟秋"写室内之物，对清秋季节起了点染作用。全句设色清丽，意象蕴藉，不仅刻画出四周景色，而且烘托出词人的情怀。花落，既是自然界现象，也是悲欢离合的人事象征；枕席生凉，既是肌肤间触觉，也是凄凉独处的内心感受。

【注 释】

① 玉簟秋：意谓时至深秋，精美的竹席已觉清凉。
② 兰舟：《述异记》记载，木质坚硬而有香味的木兰树是制作舟船的好材料，诗家遂以木兰舟或兰舟为舟之美称。一说"兰舟"特指睡眠的床榻。
③ 锦书：对书信的一种美称。

【名 句】

此情无计可消除，才下眉头，却上心头。

如梦令 ①

南宋·李清照

常记②溪亭日暮，沈醉不知归路。兴尽晚回舟，误入藕花③深处。

争渡，争渡，惊起一滩鸥鹭④。

【题解】

这是一首忆昔词，只选取了几个片断，把移动着的风景和作者怡然的心情融合在一起，写出了作者青春年少时的好心情，让人不由想随她一道荷丛荡舟，沉醉不归。开头两句，写沉醉兴奋之情。接着写"兴尽"归家，又"误入"荷塘深处，别有天地，更令人流连。最后一句，纯洁天真，言尽而意不尽。

【注 释】

① 如梦令：词牌名。
② 常记：长久记忆。
③ 藕花：荷花。
④ 鸥鹭：泛指水鸟。

菩萨蛮

南宋·陈克

赤栏桥近香街①直，笼街细柳娇无力。金碧②上青空，花晴帘影红。黄衫③飞白马，日日青楼下。醉眼不逢人。午香吹暗尘。

【题解】

这是一首即景抒怀之作。上片写景：河上那座朱红栏杆桥的尽头，

有一条笔直的街道，街道中飘逸着各种香气。街旁的垂柳繁茂、袅娜、妩媚，也暗指歌妓舞女的娇姿媚态。下片写人：纨绔公子身着黄衫，骑着骏马，天天在青楼之中寻欢作乐。"醉眼不逢人"五字是全词的点睛之笔，刻画出公子哥儿们趾高气扬、目中无人、借酒发狂，骑着白马横冲直撞的丑态。

【注 释】

① 香街：飘溢花香之街。

② 金碧：形容街道两旁房屋的繁华、富丽，映在晴空白云之下更显得金碧辉煌。

③ 黄衫：隋唐时少年华贵之服。

菩萨蛮

南宋·陈克

绿芜墙绕青苔院，中庭日淡芭蕉卷。蝴蝶上阶飞，烘帘^①自在垂。玉钩双语燕，宝甃^②杨花转。几处簸钱^③声，绿窗^④春睡轻。

【题 解】

　　这是一首写闲情逸趣的词。上片四句写春景。"绿芜墙"，"青苔院"，营造出一个幽雅恬静的绿色世界。庭院中芭蕉被日头晒得缩卷了叶子，蝴蝶在台阶上飞翔，窗门上暖帘儿低垂。诸般景物，全显一个"静"字。下片写动景。双燕落在玉钩之上，软语呢喃，杨花乱飞，"几处簸钱声"才终于打破这无限静谧，使屋中"春睡"者惊觉。全词通过宁静的环境与"簸钱声"的对比，表现了词人高雅的情趣及鄙视世俗的心灵世界。

【注释】

① 烘帘：指晴日烘照的帘幕。
② 宝甃（zhòu）：屋顶上宝瓶之饰。
③ 簸钱：古代一种赌博游戏。
④ 绿窗：指华贵女子的闺房。

三衢道中 ①

南宋·曾几

梅子黄时 ② 日日晴，小溪泛尽却山行 ③。
绿阴不减 ④ 来时路，添得黄鹂四五声。

【题解】

这是一首纪行诗，全诗明快自然，极富生活韵味。写初夏时宁静的景色和诗人山行时轻松愉快的心情。由于以往梅子成熟时，通常是连绵的阴雨，而这次却天天都是晴天，所以诗人才抒发出自己非常愉快的心情。作者将一次平常的行程，写得错落有致，平中见奇，不仅写出了初夏的宜人风光，而且诗人的愉悦情状也描写得栩栩如生，让人领略到无穷的意趣。

【注 释】

① 三衢道中：在去三衢州的道路上。三衢即衢州，今浙江常山县，因境内有三衢山而得名。

② 梅子黄时：指五月，梅子成熟的季节。

③ 却山行：再走山间小路。却：再的意思。

④ 不减：并没有减少多少，差不多。

【名 句】

绿阴不减来时路，添得黄鹂四五声。

游园不值①

南宋·叶绍翁

应怜屐齿②印苍苔，小扣柴扉③久不开。
春色满园关不住，一枝红杏出墙来。

【题 解】

这首小诗写诗人春日游园观花的所见所感，写得十分形象而又富有理趣。作者访友不遇，园门紧闭，无法观赏园内的春花。可是诗人却由此生发出感想。他想，这可能是因为主人怕踩坏园中的青苔，怕破坏了园中的美景，因此才不让人进去的缘故吧。尽管主人没有访到，但作者的心灵已经被这动人的早春景色完全占满了！诗的后两句形象鲜明，构思奇特，"春色"和"红杏"都被拟人化，不仅景中含情，而且景中寓理，能引起读者许多联想，受到一些启示："春色"是关锁不住的，"红杏"必然要"出墙来"宣告春天的来临。

【注 释】

① 游园不值：想游园没能进去。值：遇到；不值：没得到机会。
② 屐齿：屐是木鞋，鞋底前后都有高跟儿，叫屐齿。
③ 柴扉：用木头做成的门。

【名 句】

春色满园关不住，一枝红杏出墙来。

游山西村

南宋·陆游

莫笑农家腊酒① 浑，丰年留客足鸡豚②。
山重水复③ 疑无路，柳暗花明④ 又一村。
箫鼓追随春社近⑤，衣冠简朴古风存⑥。
从今若许闲乘月⑦，拄杖无时⑧ 夜叩门。

【题 解】

这是一首纪游抒情诗，抒写江南农村日常生活。全诗以游村贯穿，并把秀丽的山村自然风光与淳朴的村民习俗和谐地统一在完整的画面

上，构成了优美的意境和恬淡、隽永的格调。诗人因被投降派弹劾，罢归故里，心中自然愤愤不平。对照虚伪的官场，家乡纯朴的生活自然会令他产生无限的欣慰之情。

【注 释】

① 腊酒：腊月里酿造的酒。
② 足鸡豚（tún）：意思是准备了丰盛的菜肴。足：足够，丰盛。豚：小猪，诗中代指猪肉。
③ 山重水复：一座座山、一道道水重重叠叠。
④ 柳暗花明：柳色深绿，花色红艳。
⑤ 箫鼓：吹箫打鼓。春社：古代把立春后第五个戊日作为春社日，拜祭土地神和五谷神，祈求丰收。
⑥ 古风存：保留着淳朴的古代风俗。
⑦ 若许：如果允许这样。闲乘月：有空闲时趁着月光前来。
⑧ 无时：没有一定的时间，随时。

【名 句】

山重水复疑无路，柳暗花明又一村。

窗前木芙蓉①

南宋·范成大

辛苦孤花破小寒②，花心应似客心酸。
更凭青女③留连得，未作愁红怨绿看。

这首诗写秋天盛开的木芙蓉花不怕寒霜，傲然怒放。诗人巧妙地融物以情，喻己以物，浑然一体，了无痕迹。诗人借花抒怀，表达自己虽然漂泊而未逢时，但决不向命运低头的坚强意志，表现了少年时的意气风发、昂扬不凡的气度。

【注 释】

①木芙蓉：即芙蓉花。
②破小寒：冒着微寒。指芙蓉花在秋天的傲然神态。
③青女：传说中的霜神，主管降霜下雪。

鹧鸪天

南宋·范成大

嫩绿重重看得成，曲阑幽槛小红英。酴醾①架上蜂儿闹，杨柳行间燕子轻。

春婉娩②，客飘零，残花浅酒片时清。一杯且买明朝事，送了斜阳月又生。

【题 解】

这首词歌咏春天。上片描绘园中自然风光，景色独特。下片抒写伤春自伤之情。全词清新明快。

① 酴醾（tú mí）：亦作"酴釄"、"酴醿"，俗称"佛心草"，一种
　落叶灌木。

② 婉娩：天气温和。

眼儿媚①

南宋·范成大

酣酣②日脚紫烟浮，妍暖破轻裘。困人天色，醉人花气，午梦
扶头③。

春慵恰似春塘水，一片縠纹愁。溶溶泄泄④，东风无力，欲避还休。

【题 解】

这首词先写雨后初晴，人在暖日中欲睡，天色困人，花香醉人。"春
慵"如"春水"，比喻奇巧。后四句将困春的神态均刻画得十分形象。

【注 释】

① 眼儿媚：因张孝祥词"今宵眼底，明朝心上，后日眉头"句而得名。

② 酣酣：指太阳如醉。

③ 扶头：扶头卧于车中。

④ 溶溶泄泄：春水荡漾的样子。

忆秦娥

南宋·范成大

楼阴缺^①，阑干影卧东厢月。东厢月，一天风露，杏花如雪。

隔烟催漏金虬^②咽。罗帏暗淡灯花结。灯花结，片时春梦，江南天阔。

【题 解】

　　这首词着重描绘春日晚景，以抒愁情。上片写室外景色。月照东厢，栏杆影斜。风露满天，杏花似雪。下片抒写怀人的幽思。罗帏暗淡，金漏声咽，梦境虽好，而片刻的相会好景不长在，故乡路远比愁苦多。全词委婉含蓄，清疏雅洁。

【注 释】

　　①楼阴缺：高楼被树阴遮蔽，只露出未被遮住的一角。
　　②金虬：即铜龙，指计时的漏器上所装的铜制龙头。

冬日田园杂兴

南宋·范成大

放船^①闲看雪山晴，风定奇寒晚更凝^②。
坐听一篙珠玉碎^③，不知^④湖面已成冰。

【题 解】

　　这首诗描绘了冬季雪后初晴，在湖面上乘船划行时看到的景象。这首诗为读者绘制了一幅湖山雪景图。画中有人物，有风景，有动，有静，有声，有色，通过视觉、听觉、触觉等多方面的描写，把冬季严寒的意境刻画了出来，是描绘冬景诗中的妙品。

【注 释】

　　① 放船：让船在水上漂行。这里是乘船在水面上划行的意思。

　　② 奇寒：严寒，特别寒冷。凝：这里指结冰。

　　③ 篙：撑船用的竹竿或木杆。珠玉碎：这里形容竹篙触到水面上的冰凌发出的响声，好像敲击珠玉的声音。

　　④ 不知：殊不知。这里含有"这才知道"的意味。

初归石湖

南宋·范成大

晓雾朝暾绀^①碧烘，横塘西岸越城东^②。
行人半出稻花上，宿鹭孤明菱叶中。
信脚^③自能知旧路，惊心时复认邻翁。
当时手种斜桥柳，无限鸣蜩^④翠扫空。

【题 解】

　　这首诗是诗人休官回到故乡苏州石湖别墅时所作，诗中描写出了家乡秀丽的自然景色，流露出对家乡的喜爱心情。前四句先写夏天早晨的景象，色彩绚丽；接着点明石湖方位所在；然后写田野和水塘的景象，对仗工整，富有表现力。范成大这首诗的最大特点就是不事雕琢，清新自然，把自己完全交给感情，并且又能把握全诗的思路。

【注 释】

① 朝暾（tūn）：初升的太阳。绀（gàn）：稍微带红的黑色。
② 横塘：湖名，在苏州市西南。越城：古代越国的城池。
③ 信脚：信步走来，随意漫行。
④ 蜩（tiáo）：蝉，知了。

浣溪沙

南宋·范成大

十里西畴①熟稻香，槿花②篱落竹丝长。垂垂山果挂青黄③。
浓雾知秋晨气润，薄云遮日午阴凉。不须飞盖护戎装④。

【题 解】

这首词大约作于作者在四川制置使任上。南宋时，川蜀为沿边重镇，与金接壤，常需戒备，制置使又是武职，故作者戎装出游。此词描绘川中田园丰饶、气候宜人的景象。上片写丰收的秋野，词人设色取景，徐徐展开画卷。下片写气候宜人，流露出对自然的挚爱。

① 畴：已耕作的田地。
② 槿花：木槿花，朝开夕落。此言木槿篱笆上的花朵纷纷落下。
③ 此句言累累山果挂满枝头，青黄相间。
④ 飞盖：飞驰的车子。戎装：军装。

晓出净慈寺 ① 送林子方

南宋·杨万里

毕竟 ② 西湖六月中，风光不与四时同。
接天 ③ 莲叶无穷碧，映日荷花别样红。

【题解】

这是一首描写西湖六月美丽景色的诗，诗人在六月的西湖送别友人林子方，诗人的中心立意不在畅叙友谊，或者纠缠于离愁别绪，而是通过对西湖美景的极力赞美，曲折地表达对友人的眷恋。诗人用一"碧"一"红"突出了莲叶和荷花给人的视觉带来的强烈的冲击力，莲叶无边无际仿佛与天宇相接，气象宏大，既写出莲叶之无际，又渲染了天地之壮阔，具有极其丰富的空间造型感。

【注释】

① 晓出：太阳刚刚升起。净慈寺：全名净慈报恩光孝禅寺，与灵隐寺
　　同为杭州西湖南北山两大著名佛寺。

② 毕竟：到底。
③ 接天：好像与天空相接。

【名句】

接天莲叶无穷碧，映日荷花别样红。

小　池

南宋·杨万里

泉眼^①无声惜细流，树阴照水爱晴柔^②。
小荷才露尖尖角^③，早有蜻蜓立上头。

【题 解】

这首诗抒发了作者热爱生活之情，通过对小池中的泉水、树阴、小荷、蜻蜓的描写，给我们描绘出一种具有无限生命力的朴素自然而又充满生活情趣的生动画面。全诗从"小"处着眼，生动、细致地描摹出初夏小池中生动的富于生命和动态感的新景象，"小荷才露尖尖角，早有蜻蜓立上头"现在用来形容初露头角的新人。

【注 释】

① 泉眼：泉水的出口。
② 晴柔：晴天里柔和的风光。
③ 尖尖角：还没有展开的嫩荷叶尖端。

小荷才露尖尖角，早有蜻蜓立上头。

宿新市徐公店

南宋·杨万里

篱落疏疏①一径深，树头花落未成阴②。
儿童急走追黄蝶③，飞入菜花无处寻④。

【题 解】

这首诗描写农村春末夏初的景色，写出了儿童天真烂漫的嬉戏情景。诗人对农村生活很熟悉，写过许多吟咏农村景物的诗。这首诗描写儿童追赶黄蝶，黄蝶飞入黄色的菜花中，分不清哪个是蝶，哪个是花。这些画面，富有儿童情趣，充满着生活气息。

【注 释】

①篱落：围着篱笆的院落。疏疏：形容篱笆稀疏的样子。
②未成阴：指树叶还没长得茂盛浓密。
③急走：这里是奔跑着。追黄蝶：追赶黄色的蝴蝶。
④菜花：油菜花，黄色花。无处寻：没处找，找不到。

沁园春·西岩①三涧

南宋·刘子寰

云壑泉泓,小者如杯,大者如罍②。更石筵平莹,宽容数客,
淙流回激,环绕飞觥③。三涧交流,两岸悬瀑,捣雪飞霜落翠屏④。
经行处,有丹黄⑤碧草,古木苍藤。徘徊却倚山楹⑥。

笑山水娱人若有情。见傍回侧转,峰峦叠叠,欲穷还有,岩谷
层层。仰视云间,茅茨鸡犬,疑是仙家来避秦。青林表,望烟霞缥缈,
隐隐鸾笙⑦。

【题解】

作者首先精细摹写西岩三涧的水光山色,动静相间,生动传神。接
着由陶醉山水而遐思联翩,着意抒发主观情绪。"徘徊"两字真切描画
出作者沉醉在山水秀色中的情态。作者生活在南宋宁宗嘉定年间,当时
的社会战乱不断,民不聊生,用"避秦"这一典故入词,也寄托了作者
反对战争、向往恬静田园生活的思想感情,具有一定的社会意义。

【注释】

① 西岩:西岩山,在福建浦城县境内。

② 云壑:烟云覆盖的山谷。罍:古代酒器,大肚小口,比杯大。

③ 筵:竹筵,此处比喻山石平整。平莹:平坦光滑。觥:酒杯。飞觥:
   形容水花之大。

④ 翠屏:青碧色的山崖。

⑤ 丹黄:本指草木的萌芽,此处指刚开的小花。

⑥ 楹:木柱。

⑦ 表:外面。鸾笙:一种乐器。李白《古风》:"两两白玉童,双吹紫鸾笙。"

采桑子·春暮

南宋·朱藻

幛泥油壁①人归后，满院花阴，楼影沉沉，中有伤春一片心。
闲②穿绿树寻梅子，斜日笼明③，团扇风轻，一径黄花不避人。

【题解】

这首词是描写少女或少妇伤春之作。上片写女主人公触景生情，生出年华不再、居世无欢之叹。下片是对女主人公举止的描写，是上片"伤春"情绪的进一步展开与渲染。她在思味着青春年华的流逝，表白着对爱的追求。

【注释】

① 油壁：油壁车，一种车壁、车帷用油涂饰的华贵车子。
② 闲：并非悠闲，而是含着有所失落、无聊的情态。
③ 笼明：即胧明，隐隐约约的样子。

乡村四月

南宋·翁卷

绿遍山原白满川①，子规声里雨如烟。
乡村四月闲人②少，才了蚕桑又插田③。

这首诗描写了乡村初夏农忙的生活情景。家家户户，昼夜奔忙，刚刚做完采桑喂蚕的活儿，就又忙着到水田里去插秧。诗中写了农村初夏特有的景象，写出农人的辛勤与忙碌，表现了对农民的同情与对劳动者的赞美。

【注 释】

① 绿遍山原：指山地和平原都长满了绿色植物。白满川：指平川水田里的水映着阳光，远远望去，一片白色。
② 闲人：不干活的人。
③ 才了：刚刚做完。蚕桑：指采桑养蚕。插田：指水田插秧。

念奴娇

南宋·张孝祥

洞庭青草，近中秋，更无一点风色。玉鉴琼田①三万顷，著我扁舟一叶。素月分辉，明河共影，表里俱澄澈。怡然心会，妙处难与君说。

应念岭表经年②，孤光自照，肝胆皆冰雪。短发萧骚③襟袖冷，稳泛沧浪④空阔。尽挹西江，细斟北斗，万象为宾客。扣舷独啸，不知今夕何夕。

这首词作于作者从广西落职北归时。洞庭湖秋夜天光水影，交相辉映，澄明清澈。"三万顷"与"扁舟一叶"，是大与小的巧妙组合，表现出词人的豪迈气概。"表里俱澄澈"一句，是全词的主旨，这表里如一、光洁透明的美，不纯是写景，也寄托了词人的人生追求，标示了一种极其高尚的思想境界。"肝胆皆冰雪"与上片"表里俱澄澈"相呼应，来表示词人襟怀的坦白与心地的纯洁。

【注 释】

① 玉鉴琼田：形容月光下清澈的湖水。
② 经年：经过一年。
③ 萧骚：稀疏，稀少。
④ 沧浪：青苍色的水。

春 日

南宋·朱熹

胜日寻芳泗水滨①，无边光景一时新。
等闲②识得东风面，万紫千红总是春。

【题 解】

这是一首游春诗。春回大地，自然景物焕然一新，作者郊游时也耳目一新。正是这新鲜的感受，使诗人认识了东风。仿佛是一夜东风，吹开了万紫千红的鲜花；而百花争艳的景象，不正是生机勃勃的春光吗？这万紫千红的景象全是由春光点染而成的，人们从这万紫千红中认识了春天。

【注释】

① 胜日：天气晴朗的好日子，也可看出人的好心情。泗水：河名，在山东省。

② 等闲：平常，轻易。容易识别的意思。

【名句】

等闲识得东风面，万紫千红总是春。

唐多令

南宋·刘过

芦叶满汀洲，寒沙带浅流。二十年重过南楼①。柳下系船犹未稳，能几日，又中秋。

黄鹤断矶②头，故人今在不？旧江山浑是③新愁。欲买桂花同载酒，终不似，少年游。

【题解】

这首词写秋日重登二十年前旧游地武昌南楼，在表面所述的山水风

光的安适下面，可以感受到作者心情沉重的失落。这深深的哀愁，如满汀洲的芦叶，如带浅流的寒沙，不可胜数，莫可排遣。面对大江东去黄鹄断矶竟无豪情可抒！

【注 释】

① 南楼：指安远楼，在武昌黄鹄山上。当时武昌是南宋和金人交战的前方。
② 黄鹤断矶：即黄鹤矶，在武昌城西，上有黄鹤楼。
③ 浑是：全是。

西江月

南宋·辛弃疾

夜行黄沙①道中

明月别枝惊鹊②，清风半夜鸣蝉。稻花香里说丰年，听取蛙声一片。

七八个星天外，两三点雨山前。旧时茅店社林③边，路转溪桥忽见。

【题 解】

这首词是辛弃疾贬官闲居江西时的作品。作者着意描写黄沙岭的夜景。明月清风，疏星稀雨，鹊惊蝉鸣，稻花飘香，蛙声一片。全词从视觉、听觉和嗅觉三方面抒写夏夜的山村风光。情景交融，优美如画，是宋词中以农村生活为题材的佳作。从表面上看，这首词的题材内容不过是一些看来极其平凡的景物，语言没有任何雕饰，没有用一个典故，层次安排也完全是听其自然，平平淡淡。然而，正是在看似平淡之中，却有着词人潜心的构思，淳厚的感情。

【注 释】

① 黄沙：江西上饶黄沙岭乡黄沙村。黄沙道：指的就是从该村的茅店到大屋村的黄沙岭之间约二十公里的乡村道路。
② 别枝惊鹊：惊动喜鹊飞离树枝。
③ 茅店：茅草盖的乡村客店。社林：土地庙附近的树林。社：土地庙。

【名 句】

七八个星天外，两三点雨山前。

汉宫春·立春

南宋·辛弃疾

春已归来，看美人头上，袅袅春幡①。无端风雨，未肯收尽馀寒。年时燕子，料今宵、梦到西园。浑未办、黄柑荐酒，更传青韭堆盘②。

却笑东风从此，便薰梅染柳，更没些闲。闲时又来镜里，转变朱颜。清愁不断，问何人、会解连环？生怕见、花开花落，朝来塞雁先还。

【题 解】

　　这首词通过描写立春日特有的物景和风俗，抒发时不待我的感慨，并通过象征隐喻，寄托故国之思。燕子的"梦到西园"，象征南宋小朝廷的安逸享乐，影射"直把杭州作汴州"的达官贵族；词人陷入英雄无用武之地的境地，看到大雁尚北归，而人却留南，真叫人痛心疾首。全篇情调哀怨凄迷，寄托了作者对国事的忧伤，不是一般的怨春之作所能比。

【注 释】

　　① 春幡：古代立春那天女子剪彩纸为燕形戴在头上，以示迎春，叫春幡。
　　② 堆盘：古时立春日做五辛盘，用黄柑酿酒，称作洞庭春色。

鹧鸪天

南宋·辛弃疾

鹅湖①归病起作

　　枕簟溪堂冷欲秋，断云依水晚来收。红莲相倚浑如醉，白鸟无言定自愁。

　　书咄咄②，且休休③，一丘一壑也风流。不知筋力衰多少，但觉新来懒上楼。

【题 解】

　　这首词是辛弃疾谪居鹅湖时受尽权奸排斥，病初愈后抒情寄意之作。

上片写鹅湖自然风光,如老人历尽沧桑后的恬静平淡。下片开头感情陡转,对朝廷一再强加的无端迫害感到惊异与悲愤。但随后词人又在大自然中找到解脱。最后两句,倾吐出老弱多病的切肤之憾。

【注释】

① 鹅湖:在江西铅山县,辛弃疾曾谪居于此,后卒于此。

② 咄咄:叹词,表示惊诧。

③ 休休:唐司空图晚号"耐辱居士",隐居虞乡王官谷,建"休休亭"。

满庭芳·促织儿

南宋·张镃

月洗高梧,露浧①幽草,宝钗楼外秋深。土花沿翠,萤火坠墙阴。静听寒声断续,微韵转、凄咽悲沉。争求侣、殷勤劝织,促破晓机心。

儿时,曾记得,呼灯灌穴,敛步随音。任满身花影,独自追寻。携向华堂戏斗,亭台小、笼巧妆金②。今休说、问渠③床下,凉夜伴孤吟。

【题解】

这首词开头写深秋之景。上片前五句刻画环境,后五句叙述静听蛩唱以及由此引起的联想。下片写人事与蟋蟀的对应关系。一气呵成,从蟋蟀而人,由儿时而老大,触动悲怀满腹。

① 露浽（tuán）：露水大的样子。

② 笼巧妆金：《天宝遗事》记载："每秋时，宫中妃妾皆以小金笼闭蟋蟀，置枕函畔，夜听其声，民间争效之。"

③ 渠：它。指蟋蟀。

东风第一枝①·春雪

南宋·史达祖

巧沁兰心，偷黏草甲②，东风欲障新暖。谩凝碧瓦难留，信知暮寒轻浅。行天入镜③，做弄出、轻松纤软。料故园、不卷重帘，误了乍来双燕。

青未了，柳回白眼，红欲断，杏开素面。旧游忆着山阴④，后盟遂妨上苑。寒炉重熨，便放慢、春衫针线。怕凤靴挑菜⑤归来，万一灞桥⑥相见。

【题 解】

这首词为咏雪的上乘之作。它捕捉住大自然中最突出的春雪景物，很好地表达了全篇主旨。开头三句将春暖后突降春雪的奇趣和给人带来的喜悦写出：万物都在准备迎春，雪却如不速之客突然造访。雪的到来，使得双燕不能从重帘中入室，柳才泛绿又被染白；杏花又呈"素面"。最令人担忧的是佳人踏青归来，在外遭遇大雪。词中极具生活情趣，使人仿佛置身于春雪的奇妙而温馨的世界。

① 东风第一枝：相传吕滨老在宣和年间首创此调咏梅。

② 草甲：草之外表，如甲衣，因此得名。

③ 行天入镜：化用韩愈《春雪》诗："入镜鸾窥沼，行天马度桥。"

④ 忆着山阴：用王徽之雪夜访戴的典故。晋山阴王徽之雪夜泛舟剡溪访问戴逵，到戴门前而返，人问故，曰："乘兴而来，兴尽而返，何必见。"

⑤ 挑菜：《武林旧事》记载："二月二日，宫中办挑菜宴，以资戏笑。"

⑥ 灞桥：在长安城外，此借指南宋都城临安（今浙江杭州）城外。

玉蝴蝶

南宋·史达祖

晚雨未摧宫树，可怜闲叶，犹抱凉蝉。短景归秋，吟思又接愁边。漏初长、梦魂难禁，人渐老、风月俱寒。想幽欢、土花庭甃①，虫网阑干。

无端。啼蛄②搅夜，恨随团扇③，苦近秋莲。一笛当楼，谢娘悬泪立风前。故园晚、强留诗酒，新雁远、不致寒暄。隔苍烟、楚香岁袖，谁伴婵娟。

【题 解】

这首词上片写初秋，寓故国之恨。"漏初长"，"人渐老"两句，写老大迟暮之悲。下片就"秋愁"渲染铺排。"啼蛄"、"团扇"、"秋莲"三个表示悲怨、愁苦的意象叠合，将愁具体形象化。"故园晚"点

明无尽的思念之情。结尾在音信断绝处更催人心肝。全篇极写孤独凄咽之情，催人泪下。

【注 释】

① 甃：砖。
② 蛄：蝼蛄，农作物害虫。
③ 恨随闭扇：班婕妤《怨诗行》序："婕妤失宠，求供养太后于长信宫，乃作怨诗以自伤，托辞于纨扇云。"

秋 霁①

南宋·史达祖

江水苍苍，望倦柳愁荷，共感秋色。废阁先凉，古帘空暮，雁程最嫌风力。故园信息，爱渠入眼南山碧。念上国。谁是、脍鲈江汉未归客？

还又岁晚，瘦骨临风，夜闻秋声，吹动岑寂。露蛩悲、青灯冷屋，翻书愁上鬓毛白。年少俊游浑断得②。但可怜处、无奈苒苒魂惊，采香南浦，剪梅烟驿。

【题 解】

这首词大约是词人在北伐失败后，流放于江汉时期所作。上片前三句景中浸透着悲秋的主观情感。"废阁"、"古帘"，为游子悲秋又添许多飘零之恨。下片开头"岁晚"又添一层迟暮悲凉，"年少"句忆旧，写梦魂常常惊扰起当年送别伊人时的诸般具体景象。

【注 释】

① 秋霁：胡浩然始创此调，赋秋晴词即名《秋霁》。霁（jì）：雨后或雪后初晴。

② 浑断得：全都可以忘掉。

念奴娇

南宋·姜夔

闹红一舸，记来时、尝与鸳鸯为侣。三十六陂①人未到，水佩风裳②无数。翠叶吹凉，玉容销酒③，更洒菰蒲④雨。嫣然摇动，冷香飞上诗句。

日暮青盖亭亭，情人不见，争忍凌波去？只恐舞衣寒易落，愁入西风南浦。高柳垂阴，老鱼吹浪，留我花间住。田田⑤多少，几回沙际归路。

【题 解】

这首词写荷花。上片开头三句，写划船来到荷花深处，记起曾与荷花为伴。接着写尚未进入水泽时，已见荷花无数；待临近后，感到荷花之香与荷叶之轻要激起人的灵感。下片将荷花比作等待另一方的情人。又怕荷花那漂亮的舞衣在夜寒中凋零，于是词人下决心陪伴满塘荷花。

【注 释】

① 三十六陂（bēi）：非实指，言其多。陂：水塘。

② 水佩风裳：指荷花与荷叶。

③ 玉容销酒：形容荷花。

④ 菰（gū）蒲：两种水边植物。

⑤ 田田：荷叶初生的样子。

杏花天影

南宋·姜夔

绿丝低拂鸳鸯浦。想桃叶、当时唤渡。又将愁眼与春风，待去。倚兰桡^①、更少驻。

金陵路、莺吟燕舞。算潮水、知人最苦^②。满汀芳草不成归，日暮，更移舟、向甚处？

【题解】

这首词为思念远方恋人之作。上片由"桃叶"而触动思念远人的愁思，"待去"写出欲去未去的踌躇。下片写向恋人表白身不由己的隐痛。此词文笔细腻，深情动人。

【注释】

① 兰桡：小舟的美称。

② 此句引李益《江南曲》诗："早知潮有信，嫁与弄潮儿。"这里指相思之苦。

淡黄柳①

南宋·姜夔

空城晓角，吹入垂杨陌。马上单衣寒恻恻。看尽鹅黄嫩绿，都是江南旧相识。

正岑寂②。明朝又寒食。强携酒，小桥宅③。怕梨花落尽成秋色④。燕燕飞来，问春何在？唯有池塘自碧。

【题解】

这首词写游子客中的伤春愁绪。上片写早晨起来见到早春柳色，不觉想念江南。下片续写寒食，携酒寻找所恋，发出"怕梨花落尽成秋色"的人生感喟。"唯有池塘自碧"的境界，则表现出词人对于人生与自然的无奈，道尽了闲愁中人的迷惘和惶惑。

【注释】

①淡黄柳：姜夔自度曲。
②岑寂：安静。
③小桥宅：恋人之宅。
④此句化用李贺《三月》诗："梨花落尽成秋苑"句。

扬州慢①

南宋·姜夔

淳熙丙申至日②，予过维扬③。夜雪初霁，荠麦弥望④。入其城，则四顾萧条，寒水自碧，暮色渐起，戍角⑤悲吟。予怀怆然，感慨今昔，因自度此曲。千岩老人以为有《黍离》之悲也⑥。

淮左名都⑦，竹西佳处⑧，解鞍少驻初程。过春风十里⑨，尽荠麦青青。自胡马窥江⑩去后，废池乔木⑪，犹厌言兵。渐黄昏，清角吹寒⑫，都在空城。

杜郎俊赏⑬，算而今、重到须惊。纵豆蔻词工⑭，青楼⑮梦好，难赋深情。二十四桥⑯仍在，波心荡、冷月无声。念桥边红药⑰，年年知为谁生？

【题 解】

这首词从杜牧身上起笔，把他的诗作为历史背景，以昔日扬州的繁华同眼前战后的衰败相比，以抒今昔之感，同时也借以自述心情。姜夔这年二十二岁，正可以风流年少的杜牧自况，但面对屡经兵火的扬州，纵有满怀风情也不能不为伤离念乱之感所淹没了。这是以艳语写哀情，可以说是此词的一个特点。时届岁暮，"春风十里"用杜牧诗，并非实指行春风中，而是使人联想当年楼阁参差、珠帘掩映的"春风十里扬州路"的盛况。"过春风十里"同"尽荠麦青青"对举，正是词序中所说的"黍离之悲"。

【注 释】

①扬州慢：此调为姜夔自度曲，后人多用以抒发怀古之思。又名《郎

州慢》，上下片，九十八字，平韵。

② 淳熙丙申：淳熙三年（1176）。至日：冬至。

③ 维扬：江苏扬州。

④ 荠麦：荠菜和麦子。弥望：满眼。

⑤ 戍角：军中号角。

⑥ 千岩老人：南宋诗人萧德藻，字东夫，自号千岩老人。姜夔曾跟他学诗，又是他的侄女婿。黍离：《诗经·王风》篇名。周平王东迁后，周大夫经过西周故都，见"宗室宫庙，尽为禾黍"，遂赋《黍离》诗志哀。后世即用"黍离"来表示亡国之痛。

⑦ 淮左名都：淮东。扬州是宋代淮南东路的首府，故称"淮左名都"。

⑧ 竹西佳处：杜牧《题扬州禅智寺》诗："谁知竹西路，歌吹是扬州。"宋人于此筑竹西亭。这里指扬州。

⑨ 春风十里：杜牧《赠别》诗："春风十里扬州路，卷上珠帘总不如。"这里用以借指扬州。

⑩ 胡马窥江：指1161年金主完颜亮南侵，攻破扬州，直抵长江边的瓜洲渡，到淳熙三年姜夔过扬州时已十六年。

⑪ 废池：废毁的池台。乔木：残存的古树。二者都是乱后余物，表明城中荒芜，人烟萧条。

⑫ 渐：向，到。清角：凄清的号角声。

⑬ 杜郎：杜牧。唐文宗大和七年到九年，杜牧在扬州任淮南节度使掌书记。俊赏：俊逸清赏。

⑭ 豆蔻：形容少女美艳。豆蔻词工：杜牧《赠别》诗："娉娉袅袅十三余，豆蔻梢头二月初。"

⑮ 青楼：妓院。青楼梦好：杜牧《遣怀》诗："十年一觉扬州梦，赢得青楼薄幸名。"

⑯ 二十四桥：杜牧《寄扬州韩绰判官》诗："二十四桥明月夜，玉人何处教吹箫。"

⑰ 红药：芍药。

【名句】

二十四桥仍在，波心荡、冷月无声。

沁园春

南宋·汪莘

三十六峰①，三十六溪，长锁清秋②。对孤峰绝顶，云烟竞秀；悬崖峭壁，瀑布争流。洞里桃花，仙家芝草，雪后春正取次③游。亲曾见，是龙潭白昼，海涌潮头。

当年黄帝浮丘④，有玉枕玉床还在不？向天都月夜，遥闻凤管；翠微霜晓，仰盼龙楼。砂穴长红，丹炉已冷，安得灵方闻早修？谁如此，问源头白鹿，水畔青牛⑤。

【题 解】

作者写这首词时，已不在黄山。但他还是非常清晰地把黄山主要的美景都形象鲜明地描绘了下来，又把有关黄山的主要神话传说融合其间，可见黄山的雄奇壮丽给他留下的印象之深。全篇虚实相生，清丽秀逸，韵味隽永，不仅在读者面前展现出一幅幅明丽的画面，而且在这美丽的画面上蒙上了一层神秘迷茫的面纱。

【注 释】

① 三十六峰：此为略数。黄山有天都、莲花等三十六大峰，玉屏、始信等三十二小峰。

② 长锁清秋：黄山景色清幽，凉爽如秋，且清秋长在，所以称"长锁"。

③ 春正：春天的正月。取次：任意，随便。

④ 黄帝浮丘：浮丘公曾在黄山炼得仙丹八粒，黄帝服其七粒，与浮丘公一起飞升而去。

⑤ 水畔青牛：相传翠微峰下翠微寺左有一头青色之牛，一樵夫见了欲牵回家中，忽然青牛入水，杳无踪影，至今有青牛溪。

风入松①

南宋·俞国宝

一春长费买花钱，日日醉湖边。玉骢②惯识西湖路，骄嘶过、沽酒垆前。红杏香中箫鼓，绿杨影里秋千。

暖风十里丽人天，花压鬓云偏。画船载取春归去，馀情付、湖水湖烟。明日重扶残醉，来寻陌上花钿③。

【题 解】

这是一幅诱人的西湖春游图。上片词人把西湖一片大好春光和人们争相游湖赏春的情形描绘得淋漓尽致。下片继续描绘春游景色，并露出恋春惜春的情绪。上下两片的意境紧密连贯，与宋人填词"前半泛写，后半专叙"的惯例不尽相同，在结构上具有独到的特色。

【注 释】

① 风入松：古琴曲有《风入松》，唐代僧人皎然有《风入松歌》，调名源于此。

② 玉骢：毛色青白相间的马。
③ 花钿：女子的头饰。

鹧鸪天·兰溪舟中

南宋·韩淲

雨湿西风水面烟①。一巾华发上溪船②。帆迎山色来还去，橹破
滩痕散复圆③。

寻浊酒，试吟篇。避人鸥鹭更翩翩。五更犹作钱塘梦，睡觉方
知过眼前④。

【题 解】

这首词纯写兰溪舟行之感受，是一首清新俊逸的山水纪游词。上片
写舟行之景，情趣盎然。下片言舟行之情，人在舟中饮酒吟诗，悠然自
得，鸥鹭在溪上飞翔，亦自得其乐。全词写得空灵清幽，恬静自然，表
现了词人情逸绝俗的怀抱。

【注 释】

① 此句言细雨浸湿了秋风，水面轻雾缥缈如烟。西风：秋风。
② 此句写自己登舟的情景。从"一巾华发"，可知词人此时年事已高。
③ 此句写船行时水面之状。滩痕：指溪滩上的水纹。
④ 此二句言五更时还梦见钱塘，醒来后发觉钱塘已在眼前。

夏　日

南宋·戴复古

乳鸭^①池塘水浅深，熟梅天气半晴阴^②。
东园载酒^③西园醉，摘尽枇杷一树金^④。

【题 解】

这首诗描写了夏季游园畅饮时的情景。"熟梅天气半晴阴"写出了时令的特点，"东园载酒西园醉"透露出诗人的心情，但写得很含蓄。南宋时，金人南下，主战派同主和派斗争激烈，朝廷时而主战，时而主和。诗中的"天气半晴阴"可作广泛的理解。而诗人醉酒的心情也就较容易理解了。

【注 释】

① 乳鸭：雏鸭，刚孵出不久的小鸭。
② 熟梅：梅子成熟。这里指梅熟季节。半晴阴：指梅雨季节。此季节天气多是半阴半晴，雨多晴少，即古诗词中常描写的"黄梅季节雨"。
③ 载酒：携带着酒。
④ 枇杷：一种常绿乔木，开白色小花，果实成熟时浅黄色或橙黄色，味道酸甜可口。一树金：枇杷树结满了果实，黄澄澄的像镀了一层黄金。

贺新郎·端午

南宋·刘克庄

深院榴花吐。画帘开、练衣①纨扇，午风清暑。儿女纷纷夸结束②，新样钗符艾虎③。早已有游人观渡④。老大逢场慵作戏，任陌头、年少争旗鼓，溪雨急，浪花舞。

灵均标致⑤高如许。忆生平、既纫兰佩⑥，更怀椒醑⑦。谁信骚魂千载后，波底垂涎角黍⑧，又说是、蛟馋龙怒。把似而今醒到了⑨，料当年、醉死差无苦。聊一笑、吊千古。

【题 解】

这是一首节序词，是对端午节的吟咏。上片写时令特点和节日的场景与气氛。词人以局外人的视角静观"儿女"与"年少"之乐，为下片的抒情作铺垫。下片是对屈原的缅怀。"忆生平"二句回想以前自己以屈原为楷模，但却生不逢时。末尾以"聊一笑、吊千古"昭示对南宋朝廷的绝望。

【注 释】

①练衣：葛布衣，指平民衣着。

②结束：装束，打扮。

③钗符艾虎：《抱朴子》："五月五日剪采作小符，缀髻鬓为钗头符。"《荆门记》："午节人皆采艾为虎为人，挂于门以辟邪气。"

④观渡：《荆楚岁时记》："五月五日竞渡，俗为屈原投汨罗日，人伤其死，故命舟楫拯之。"

⑤灵均标致：屈原风度。屈原，字灵均。

⑥纫兰佩：连缀秋兰而佩于身。

⑦椒：香物，用以降神。醑：美酒，用以祭神。

⑧角黍：粽子。

⑨此句讲假如屈原而今醒过来。

祝英台近

南宋·吴文英

春日客龟溪^①游废园

采幽香，巡古苑^②，竹冷翠微路^③。斗草溪根^④，沙印小莲步^⑤。自怜两鬓清霜，一年寒食，又身在、云山深处。

昼闲度。因甚天也悭春^⑥，轻阴便成雨。绿暗长亭，归梦趁飞絮。有情花影阑干，莺声门径，解留我、霎时凝伫^⑦。

【题解】

这首词是作者在龟溪作客，寒食节时游览一座早已荒芜的园林时所作，作品中含有衰颓思绪。上片写主人公来到废园。用一"冷"字表达出心境的凄清。"斗草"二句写年轻姑娘之游，以妙龄少女与"两鬓清霜"的自己相对照，而生"自怜"。"寒食"点明节气。词人联系自己的怀才不遇，更引发"云山深处"的叹息。下片叙述词人游园遇雨，独自于花影之下沉思，更加感叹自己有家难归，有如浮萍。全篇情景交融，用语含蓄，耐人寻味。

① 龟溪：水名，在今浙江德清县。《德清县志》："龟溪古名孔愉泽，
即余不溪之上流。昔孔愉见渔者得白龟于溪上，买而放之。"
② 古苑：废园。
③ 翠微路：指山间苍翠的小路。
④ 斗草溪根：在小溪边斗草嬉戏。
⑤ 莲步：指女子脚印。
⑥ 因甚：为什么。悭春：吝惜春光。悭（qiān）：此作刻薄解。
⑦ 凝伫：有所思虑或期待，久立不动。

浣溪沙

南宋·吴文英

波面铜花①冷不收。玉人垂钓理纤钩②。月明池阁夜来秋。
江燕话归成晓别，水花③红减似春休。西风梧井叶先愁。

【题 解】

这首词上片写玉人伫立池边，怅望一弯纤月，妙在不写抬头望月，
而写凝望水中之弯月。无限情思，俱从倒影中映出。下片抒情，却不从
眼前景入笔，而是从与江燕晓别写起，再叹红减春休，最后归到西风吹
拂梧桐的深夜，回应上片"月明池阁夜来秋"，写景清丽，回环往复。
颇有清空之气。诚如周济所言："梦窗每于空际转身，非具大神力不能。"

【注 释】

① 铜花：水面铜绿色的浮萍，跟绿萍不一样，冬日不萎。

② 纤钩：新月的影子，如钩。

③ 水花：水边红蓼，也叫水蓼，茎叶呈红色。

霜叶飞^①·重九

南宋·吴文英

断烟离绪，关心事、斜阳红隐霜树。半壶秋水荐黄花，香噀^②西风雨。纵玉勒、轻飞迅羽^③。凄凉谁吊荒台^④古。记醉踏南屏^⑤，彩扇咽寒蝉，倦梦不知蛮素^⑥。

聊对旧节传杯，尘笺蠹管^⑦，断阕经岁慵赋。小蟾斜影转东篱^⑧，夜冷残蛩语。早白发、缘愁万缕。惊飙从卷乌纱^⑨去。漫细将、茱萸^⑩看，但约明年，翠微^⑪高处。

【题 解】

这是一首借景抒怀之作，写重阳节感时伤今的无限愁绪。上片开头"断烟离绪"，指离别之苦，"醉踏南屏"是往事在眼前浮现，佳人未曾入梦与己相会，更增哀伤无限。下片第一句"旧节传杯"，再忆当年曾与佳人共欢，使人白发频生。而今只剩下自己，但仍希望明年重九的登高能与佳人重逢。全词以游踪为主线，穿插有关重阳的典故，昭示词人的一段艳情，颇有一种凄迷之美。

① 霜叶飞：周邦彦创调。

② 噀（xùn）：含在口中而喷出。

③ 玉勒：指马。迅羽：飞鸟。

④ 荒台：彭城（徐州）戏马台。项羽阅兵于此，南朝宋武帝重阳日曾登此台。

⑤ 南屏：南屏山，在杭州西南三里，峰峦耸秀，环立若屏。

⑥ 蛮素：指歌舞姬。

⑦ 尘笺蠹管：信纸蒙尘，笔管长虫。

⑧ 东篱：用陶渊明重阳待酒东篱事。

⑨ 乌纱：《旧唐书·舆服志》："乌纱帽者，视朝及见宴宾客之服也。"此用晋孟嘉登高落帽的故事。

⑩ 茱萸：古俗，重阳登高戴茱萸花。

⑪ 翠微：山气青绿色，代指山。

风入松

南宋·吴文英

听风听雨过清明，愁草瘗花铭①。楼前绿暗分携②路，一丝柳，一寸柔情。料峭春寒中酒，交加③晓梦啼莺。

西园日扫林亭，依旧赏新晴。黄蜂频扑秋千索，有当时、纤手香凝。惆怅双鸳④不到，幽阶一夜苔生。

【题解】

这首词表现暮春怀人之情。上片写伤春怀人的愁思。清明节又在风雨中度过，当年分手时的情景仍时时出现在眼前。回首往事，触目伤怀。下片写伤春怀人的痴想。故地重游，旧梦时温，见秋千而思纤手，因蜂扑而念香凝，更见痴绝。这首词质朴淡雅，不事雕琢，委婉细腻，情真意切。

【注 释】

① 草：起草。瘗（yì）：埋葬。铭：文体的一种。
② 绿暗：形容绿柳成阴。分携：分手。
③ 交加：形容杂乱。
④ 双鸳：指女子的绣鞋，这里指女子本人。

曲游春①

南宋·周密

禁苑②东风外，飏暖丝晴絮，春思如织。燕约莺期，恼芳情，偏在翠深红隙。漠漠香尘隔。沸十里，乱弦丛笛。看画船，尽入西泠③，闲却半湖春色。

柳陌。新烟凝碧。映帘底宫眉④，堤上游勒⑤。轻暝笼寒，怕梨云梦冷，杏香愁幂。歌管酬寒食。奈蝶怨，良宵岑寂。正满湖、碎月摇花，怎生去得？

【题 解】

这首词描写寒食节前后西湖游春的盛况。极写当年西湖游览的赏心乐事。上片由宫苑春光引出"春思"，接下来写湖波花丛撩拨人的赏春

之情。又以纪实之笔，描写出西湖春游的热闹景象。下片写堤上游人，鞍上公子，宝车佳人，更将西湖夜景和盘托出。全词意象清丽，用语凝练，为游记词中的精品。

【注 释】

① 曲游春：施岳创调。
② 禁苑：皇宫园林，南宋定都杭州，因此称西湖一带为禁苑。
③ 西泠：西湖桥名，在孤山西侧。
④ 帘底宫眉：指楼中丽人。
⑤ 堤上游勒：堤上乘马的游人。

闻鹊喜·吴山观涛 ①

南宋·周密

天水碧，染就一江秋色 ②。鳌戴雪山龙起蛰 ③，快风吹海立。
数点烟鬟青滴，一杼霞绡红湿 ④。白鸟明边帆影直，隔江闻夜笛。

【题 解】

这首词是题咏排山倒海的浙江大潮的。词的上片接连用了几个生动的比喻，写足了潮水汹涌、浪涛咆哮的气势，惊心动魄。下片写潮过之后的景象。"青滴"、"红湿"都带着湿意，仿佛远处青山、天边红霞也被潮气洗沐，很有意境。有声有色地将钱江大潮那惊心动魄的场面，排山倒海的气势，形象生动地表现出来，让人有如临其境之感。

① 原题《闻鹊喜》，以冯延巳词句为名，即《谒金门》。吴山：在杭州，俗称城隍山，一面是西湖，一面是钱塘江。

② 王勃《滕王阁序》："秋水共长天一色"，韦庄《谒金门》："染就一溪新绿"，殆从此化出。

③ 蛰：潜伏。

④ 霞绡红湿：晚霞红如彩绡，疑为织女机杼所成。

兰陵王·丙子送春

南宋·刘辰翁

送春去，春去人间无路。秋千外，芳草连天，谁遣风沙暗南浦。依依甚意绪？谩忆海门①飞絮。乱鸦过，斗转城荒②，不见来时试灯处。

春去最谁苦？但箭雁沉边③，梁燕④无主。杜鹃声里长门⑤暮。想玉树凋土，泪盘如露。咸阳送客屡回顾，斜日未能度。

春去尚来否？正江令⑥恨别，庾信⑦愁赋。苏堤⑧尽日风和雨。叹神游故国，花记前度。人生流落，顾孺子⑨，共夜语。

【题 解】

这首词上片由"送春去"开头，"人间无路"极写辛酸悲咽。"斗转城荒"诉说临安陷落，"不见来时试灯处"尤有深意。中片由"春去谁最苦"的设问，讲述宋亡而爱国军民最为痛苦的事实。"送客屡回顾"状写宋宫室被掳掠的凄惨境遇。下片由"春去尚来否"的设问，暗示宋朝大势已去，恢复无望。全词凄绝哀怨，寄托很深。

① 海门：今江苏南通县东，宋初，犯死罪获刑者，配隶于此。

② 斗转城荒：指转眼间南宋都城临安变成了一座荒城。

③ 箭雁：中箭而坠逝的大雁。沉边：去而不回，消失于边塞。

④ 梁燕：指亡国后的臣民。

⑤ 长门：指宋帝宫阙。

⑥ 江令：南朝宋江淹被降为建安吴兴令，世称江令，作有《别赋》。

⑦ 庾信：南北朝时期的诗人。

⑧ 苏堤：即西湖长堤，苏轼守杭州时所筑。

⑨ 孺子：刘辰翁有子名将孙，也善作词。

宝鼎现

南宋·刘辰翁

红妆春骑。踏月影，竿旗穿市。望不尽，楼台歌舞，习习香尘莲步底。箫声断，约彩鸾归去。未怕金吾①呵醉。甚辇路，喧阗且止，听得念奴②歌起。

父老犹记宣和③事。抱铜仙、清泪如水。还转盼，沙河④多丽。滉漾明光连邸第。帘影冻，散红光成绮。月浸葡萄十里。看往来，神仙才子，肯把菱花扑碎。

肠断竹马儿童，空见说，三千乐指⑤。等多时，春不归来，到春时欲睡。又说向，灯前拥髻，暗滴鲛珠坠。便当日亲见霓裳⑥，天上人间梦里。

在宋亡近二十年后的元宵夜，作者感慨今昔，写下这首《宝鼎现》，寄托亡国哀思。全词三片。上片写丁酉元夕灯市的热闹场景，暗示怀旧主旨。中片开头直抒怀恋前朝之意。下片写前朝遗民，暗地垂泪，缅怀往事，徒有天上人间之感，更使人无限伤悲。词意凄婉，韵味深长。

【注 释】

① 金吾：汉代官名，即执金吾。
② 念奴：唐天宝时著名歌女。
③ 宣和：宋徽宗年号。
④ 沙河：钱塘（今杭州）南五里有沙河塘，宋时居民甚盛，碧瓦红檐，歌管不绝。
⑤ 三千乐指：三百人的乐队。
⑥ 霓裳：乐曲名。

壶中天 ①

南宋·张炎

夜渡古黄河，与沈尧道②、曾子敬同赋。

扬舲③万里，笑当年底事④，中分南北。须信平生无梦到，却向而今游历。老柳官河，斜阳古道，风定波犹直。野人惊问，泛槎⑤何处狂客？

迎面落叶萧萧，水流沙共远，都无行迹。衰草凄迷秋更绿⑥，

唯有闲鸥独立。浪挟天浮，山邀云去，银浦^⑦横空碧。扣舷歌断，海蟾飞上孤白^⑧。

【题 解】

这首词大约作于作者与沈尧道、曾子敬北上同游燕、蓟的途中。该词描写古黄河景物并借以抒怀。"老柳官河，斜阳古道，风定波犹直"三句，用字简练，却把黄河风物写得形象而逼真。作者本是婉约派词人，然这首词却带有苍劲寂寥的风味，颇近苏、辛词风。

【注 释】

①壶中天：又名《念奴娇》。
②沈尧道：名钦，号秋江，张炎的词友。
③舫：有窗的小船。
④底事：何事，犹"为甚"。
⑤槎：木制的筏子。
⑥绿：黄绿色。
⑦银浦：银汉，即银河。
⑧海蟾：海月。飞：形容月亮移动得快。孤白：形容月亮的形状。

解佩环·寻梅不见

南宋·彭元逊

江空不渡。恨蘼芜杜若^①，零落无数。远道荒寒，婉娩^②流年，望望美人迟暮。风烟雨雪阴晴晚，更何须，春风千树。尽孤城，落木萧萧，日夜江声流去。

日晏山深闻笛。恐他年流落，与子同赋。事阔心违，交淡媒劳③，蔓草④沾衣多露。汀洲窈窕余醒寐。遗佩环，浮沉澧浦⑤。有白鸥，淡月微波，寄语逍遥容与⑥。

【题 解】

这首词题为"寻梅不见"，似咏梅之词，其实并非咏梅而是道出词人自己的敬梅之心。上片开篇三句谓芳草零落而徒生恨心，已是无悔无怨。万木凋零，江流东去，更催人老。下片开头写夜闻笛中落梅哀曲，触动游子的"流落"之悲，并表明自己欲隐循的情怀。全词格调沉郁苍凉，多用典故，意味隽永，颇耐品味。

【注 释】

①蘼芜杜若：皆香草名。
②婉娈：形容性情柔和温存。
③媒劳：招致劳碌困顿。
④蔓草：杂草。
⑤澧浦：澧水滨，澧水在湖南西北。
⑥逍遥容与：自由自在，从容不迫。

水调歌头

与李长源游龙门①

滩声荡高壁，秋气静云林②。回头洛阳城阙，尘土一何深③。前日神光牛背，今日春风马耳，因见古人心④。一笑青山底，未受二毛侵⑤。

问龙门，何所似，似山阴⑥。平生梦想佳处，留眼更登临。我有一厄芳酒，唤取山花山鸟，伴我醉时吟⑦。何必丝与竹，山水有清音。

【题解】

这是一首描写龙门山水的纪游词。词借景抒怀，以烟云急流的清淳古淡，反衬出尘世的污浊纷嚣，寄托了词人远离尘俗、洁身自好的思想感情。"滩声荡高壁，秋气静云林"二句，气象阔大然用笔甚简，十字便包容龙门山水之胜，一动一静，相映成趣。全词抒怀基于景色，而景色又处处体现了襟怀。

【注释】

① 李长源：名汾，太原平晋人，为元好问"平生三知己"之一，以才华卓绝、磊落有气节知名当世。龙门：在今河南洛阳市南。相传大禹治水在此疏流。

② 此二句写龙门山水胜景。言八节滩的急流声回荡在龙门峭壁间，林木参天笼罩在秋气中。

③ 此二句将洛阳城里的"尘土一何深"与龙门明净的云林、清澈的水

古代游赏诗词三百首 | 283

流形成鲜明的对照，这不单是自然景物的对照，也暗寓着词人对尘世功名的慨叹。

④ 此三句紧扣人事，连用两个典故来表现词人情怀高朗、卓尔不群，对功名利禄、世俗扰攘无动于衷的胸襟。

⑤ 此二句意谓自己不计较尘世功名得失，徜徉山水，怡然自得，白发自不易生。二毛：指头发斑白。

⑥ 此三句暗用典故，赞美龙门风光像山阴一样迷人多姿，美不胜收。山阴（今浙江绍兴）是古代著名风景名胜之地，山明水秀。《世说新语·言语》载晋人王献之曾云："从山阴道上行，山川自相映发，使人应接不暇。"

⑦ 此三句言要在此醉饮芳酒，唤取山花山鸟相伴，吟诗作赋，陶冶性情。

上京^① 即事

元·萨都剌

牛羊散漫^②落日下，野草生香乳酪^③甜。
卷地朔风^④沙似雪，家家行帐下毡帘^⑤。

【题 解】

萨都剌是蒙古族诗人，对蒙古族的游牧生活很熟悉。这首诗就写了作者在上京时看到的生活场景。这首诗为我们描绘了我国北方人民放牧的劳动生活情景，展现出了一幅辽阔苍茫的草原风光图，富有民族特色。

【注 释】

① 上京：上都，元代初期的都城，故址在今内蒙古多伦县西闪电河北岸。
② 牛羊散漫：这里是形容牛羊遍布原野的样子。
③ 乳酪：用牛羊等的乳汁做成的食品。
④ 朔风：北风。
⑤ 行帐：帐幕，也就是蒙古包。毡（zhān）帘：用毡子做成的蒙古包的帘子。

凤栖梧·兰溪①

明·曹冠

桂棹②悠悠分浪稳。烟幂③层峦，绿水连天远。赢得锦囊诗句满。兴来豪饮挥金碗④。

飞絮撩人花照眼。天阔风微，燕外晴丝卷⑤。翠竹谁家门可款⑥。舣舟⑦闲上斜阳岸。

【题 解】

这首词写泛舟兰溪的闲情逸趣。"飞絮撩人花照眼。天阔风微，燕外晴丝卷"三句，是精美绝伦之笔。况周颐《蕙风词话》评此三句云："状春晴景色极佳。每值香南燕北，展卷微吟，便觉日丽风喧，淑气扑人眉宇。"三句所用皆平常语，一经组合，便见神韵，不仅写足春晴景色之美，且巧妙地用景语抒发情感，真能得象外之趣。

① 兰溪：即今浙江兰江。

② 桂棹：以桂木制成的船桨。

③ 烟幂：烟云覆盖。

④ 挥金碗：写狂饮之态。语出杜甫《崔驸马山亭宴集》："客醉挥金碗，诗成得绣袍。"

⑤ 此二句言天空宽广，微风吹过，燕子贴水而飞，游丝轻盈舒卷。

⑥ 此句用《世说新语·任诞》王徽之爱竹，叩门不问主人事。款：叩敲之意。

⑦ 舣舟：泊舟。舣：船靠岸。

【名句】

飞絮撩人花照眼。天阔风微，燕外晴丝卷。

贞溪初夏

明·邵亨贞

楝花风起漾微波①，野渡②舟横客自过。
沙上儿童临水立③，戏将萍叶饲新鹅④。

【题解】

这是一首描写江南农村初夏景色的诗。诗中前两句写静景，以动衬静。后两句写天真烂漫的儿童手拿萍叶逗引小鹅玩耍的情景，虽是写动

景，但更烘托出乡村生活和平宁静的气氛。诗人以动写静的艺术技巧很高，收到了"鸟鸣山更幽"的艺术效果。

【注 释】

① 楝（liàn）花风：指夏季的风。楝树初夏开花，人们常用"楝花风"作为夏季的代称。漾微波：指水面轻轻荡起小的波纹。

② 野渡：指郊野溪头渡口。

③ 临水立：靠近水边站着。

④ 戏：玩耍，嬉戏。将：拿着。饲：喂。新鹅：小鹅。

眼儿媚·秋闺

明·刘基

萋萋烟草小楼西，云压雁声低。两行疏柳，一丝残照，万点鸦栖。春山碧树秋重绿，人在武陵溪①。无情明月，有情归梦②，同到幽闺。

【题 解】

这首词以婉约著称，写闺中秋思。上片写楼头秋色，念游人之不归，盼音书之不至。下片写秋闺念远。秋日风物，凄凉萧瑟，况树又重绿，而游人滞留不归。绵绵相思，何时能已。眼前明月照空，魂梦遥牵。有情无情，并到幽闺。全词绵丽清雅，委婉多姿。

① 武陵溪：此处用陶渊明《桃花源记》的故事，借指爱人在远方。
② 归梦：指远游人惦念家里的魂梦。

过闽关

明·刘基

关头雾露白蒙蒙①，关下斜阳照树红。
过了秋风浑未觉，满山秔稻②入闽中。

【题 解】

闽关，指武夷山的关隘，是进入闽地的必经之地。本诗一、二两句极写闽关之高，登上闽关时是雾气蒙蒙的早晨，走到关下时正是夕阳西下。三、四两句含蓄地表达了作者跨越闽关后轻松愉快的心情。

【注 释】

① 蒙蒙：雾气迷茫的样子。
② 秔稻：稻的品种之一，米质黏性较强。

冬

明·康海

云冻欲雪未雪[1]，梅瘦将花[2]未花。
流水小桥山寺[3]，竹篱茅舍[4]人家。

【题解】

这是一首描绘隆冬季节景象的诗。诗用六言写成，读来别具韵味。诗的后面两句很有名，它是把几个入画的名词并列在一起，构成一幅和谐的冬季田园风景图，与马致远的名句"小桥流水人家"有异曲同工之妙。

【注释】

① 欲雪：将要下雪。未雪：还没下。
② 梅瘦：形容冬天梅花只有花苞而无花叶的样子。将花：将要开花，就要开花。
③ 山寺：建筑在山中的寺庙。
④ 竹篱：用竹子编织成的篱笆墙。茅舍：用茅草之类盖的房舍，多指乡村农民或贫穷人家的房舍。

【名句】

流水小桥山寺，竹篱茅舍人家。

沧浪池上

明·文徵明

杨柳阴阴十亩塘，昔人①曾此咏沧浪。
春风依旧吹芳杜②，陈迹无多半夕阳。
积雨经时荒渚断，跳鱼一聚晚波凉③。
渺然诗思江湖近，便欲相携上野航④。

【题 解】

这首七律描写沧浪亭十亩春塘。在诗人笔下，并未描绘春日艳丽的风光，展现的是夕阳下积雨满溢的荒地，想象在这池中如同置身早已荒废的水渚，鱼跳出水面落到岸上，不须捕捞，可以在凉爽的晚风中与一二知交一聚。诗人憧憬与挚友携手乘一只小舟漂泊江湖，表现的是诗人欲摆脱世俗的隐逸之意。

【注 释】

①昔人：指苏舜钦。他有传世的散文《沧浪亭记》和五言律诗《沧浪亭》。
②芳杜：盛开的芬芳的棠梨花。
③荒渚：荒废的水中小洲。跳鱼：池中鱼多，傍晚时有鱼跃出池面或落于岸上。
④江湖：暗喻隐逸。野航：无主的船。航：指船。

春日杂咏

明·高珩

青山如黛^①远村东，嫩绿长溪柳絮风^②。
鸟雀不知郊野^③好，穿花翻恋小庭中^④。

【题解】

这首诗描写了春天郊野的美好景色。诗的前两句描绘了郊外的春景，后两句借景写情，抒发了诗人热爱大自然的感情，表现了对美好事物追求的愿望。

【注释】

① 黛：古时妇女用来画眉的一种青黑色的颜料，这里形容远处青山呈现出黛绿般的颜色。
② 嫩绿：浅绿色。柳絮：柳树种子上面有白色的绒毛，随风飘散，像飘飞的棉絮，称为柳絮。
③ 郊野：城市外面的地方，泛指村镇一带地区。
④ 穿花：在花丛中飞来飞去。小庭：小小的庭院。

富春至严陵山水甚佳① 二首选一

明·纪昀

其　二

浓似春云淡似烟，参差②绿到大江边。
斜阳流水推篷③坐，翠色随人欲上船。

【题解】

　　这首诗描绘了富春江沿途山明水秀的动人景色。斜阳下，一只篷船行驶在富春江中，两岸景色吸引了坐在船中的诗人。他不禁推开船篷，想使两岸景色尽收眼底。富春江山水最鲜明的特点是一片青翠碧绿：两岸山峦林木茂密，江中绿水涟漪，使作者感到这一片翠色正在紧紧地追随着他，甚至似乎涌上了船头。最后两句诗清新而活泼，写出了富春江山水的灵动美。

【注释】

　　① 富春：此处指富春江，是浙江钱塘江的一部分。严陵山：此处指富春山。同题二首，这是其二。
　　② 参差：长短、高低、大小不齐。
　　③ 推篷：拉开船篷。

临江仙·寒柳

清·纳兰性德

　　飞絮飞花何处是，层冰积雪摧残。疏疏一树五更寒。爱他明月好，憔悴也相关^①。

　　最是繁丝摇落后，转教人忆春山^②。湔裙梦断^③续应难。西风多少恨，吹不散眉弯。

【题解】

　　这首词既咏经受冰雪摧残的寒柳，也咏一位遭到不幸的人。通篇句句写柳，又句句写人，物与人融为一体，委婉含蓄，意境幽远，确是一首成功之作。陈廷焯《白雨斋词话》："余最爱《临江仙》：'疏疏一树五更寒，爱他明月好，憔悴也相关'。"

【注释】

　　① 关：这里是关切、关怀之意。

　　② 最是：特别是。繁丝：指柳丝的繁茂。这两句中的柳丝和春山都暗喻女子的眉毛。

　　③ 湔裙梦断：意思是涉水相会的梦断了。湔：溅洒。李商隐在《柳枝词序》中说：一男子偶遇柳枝姑娘，柳枝表示三天后将涉水溅裙来会。此词咏柳，故用此典故。

临江仙

清·曹雪芹

　　白玉堂前春解舞^①，东风卷得均匀^②。蜂团蝶阵^③乱纷纷：几曾随逝水？岂必委芳尘^④？

　　万缕千丝^⑤终不改，任他随聚随分^⑥。韶华休笑本无根^⑦：好风凭借力^⑧，送我上青云。

【题解】

　　这首词是《红楼梦》中薛宝钗所作。作者让薛宝钗作欢愉之词，来翻其所作情调缠绵悲戚的案，看上去只是写诗词吟咏上互相争胜，实际上这是作者借以刻画不同的思想性格特征的一种艺术手段。"金玉良缘"并不能从根本上消除薛宝钗和贾宝玉在对待封建礼教、仕途经济上的思想分歧，也不能使贾宝玉忘怀死去的知己而倾心于她。所以，薛宝钗最终仍被贾宝玉所弃，词中的"本无根"也就是这个意思。作者让宝钗故作乐观语，实际隐含着讽刺意味。

【注释】

　　① 白玉堂：华贵的居室。春解舞：仿佛春天也懂得舞蹈之美，指风吹柳絮飘飞如舞。

　　② 均匀：微风吹动柳絮有节奏地飞动。

　　③ 蜂团蝶阵：喻飘飞的柳絮颇似乱纷纷飞舞的蜂蝶。

　　④ 委芳尘：落入泥土中。

　　⑤ 万缕千丝：指柳树的枝条。

　　⑥ 随聚随分：柳絮在风中时聚时分。

　　⑦ 韶华休笑本无根："休笑韶华本无根"的倒装，韶华指柳絮，柳絮

在此代表春光。

⑧ 好风凭借力：多多借助风的力量。

【名句】

好风凭借力，送我上青云。

湘　月

清·龚自珍

湘月壬申夏，泛舟西湖，述怀有赋，时予别杭州盖十年矣。

天风吹我，堕湖山一角，果然清丽。曾是东华①生小客，回首苍茫无际。屠狗功名，雕龙文卷，岂是平生意？乡亲苏小②，定应笑我非计。

才见一抹斜阳，半堤香草，顿惹清愁起。罗袜音尘何处觅？渺渺予怀孤寄。怨去吹箫，狂来说剑，两样消魂味。两般春梦，橹声荡入云水。

【题解】

这是词人婚后第一次与夫人段美真双双回故乡杭州，泛舟西湖时所作。词的开篇，点出游湖之事。词人之写愁苦哀怨，不是低声泣诉，而是激昂浩叹，写豪情而借红粉佳人反衬，正显出其词雄奇中有绮艳的个性。

【注释】

① 东华：以东华门借指京城北京。
② 苏小：指南齐时钱塘名妓苏小小。

鹊踏枝·过人家废园作

清·龚自珍

漠漠春芜春不住①。藤刺牵衣，碍却行人路。偏是无情偏解舞，蒙蒙扑面皆飞絮。

绣院②深沉谁是主？一朵孤花，墙角明如许③！莫怨无人来折取，花开不合④阳春暮。

【题 解】

这首词写的是一个荒园的晚春景色。但作者借比兴以寄托，写入自己对时世的深沉感慨。"藤刺"、"碍却"两句既写"废园"实景，又含有感愤奸邪当道的一层深意。赞美"孤花"的高洁与坚贞，它不变节而从俗，在不利的环境中仍能保持自己的明丽。结尾两句含有勉励的意思，勉励年轻一代珍惜少年时光，有所作为，莫使良机空逝而徒然叹息。

【注 释】

① 漠漠春芜：春草茫茫一片。春不住：春天去了。
② 绣院：指有花木的院子。

③ 明如许：如此的鲜红。

④ 不合：不合时宜。

慈仁寺荷花池

清·何绍基

坐看倒影浸天河^①，风过栏干水不波^②。

想见^③夜深人散后，满湖萤火^④比星多。

【题 解】

这是一首描写夏季夜晚慈仁寺荷花池景色的诗。这首诗的主要特点是虚实兼写，以动衬静。前两句写眼前之景，后两句写想象之景。实景写静，而想象中的虚景，却以萤火飞动，映入水中，以动写静，动与静都给人以美的享受。

【注 释】

① 倒影浸天河：这里是天河的影子倒映在荷花池中的意思。天河：银河。

② 水不波：水面上没吹起波纹。

③ 想见：由推想而知道。这里含有想象得到的意思。

④ 萤火：指萤火虫的亮光。

过昌平①城望居庸关

清·康有为

城堞②逶迤万柳红，西山岩嵲③霁明虹。

云垂大野鹰盘势，地展平原骏④走风。

永夜⑤驼铃传塞上，极天⑥树影递关东。

时平堡堠⑦生青草，欲出军都吊鬼雄⑧。

【题解】

这首诗为康有为于 1888 年 5 月赴北京应顺天乡试举间所写。诗中描绘了居庸关一带雄伟壮丽的风光景物，对于在帝国主义的侵略和吞并下清政府防御的松弛，流露出了担心和不满。

【注释】

①昌平：当时是一个州，今为县，属北京市。

②城堞：城上的矮墙，也称女墙。

③岩嵲：高远的样子。

④骏：良马。

⑤永夜：长夜。

⑥极天：天的尽头。

⑦时平：时逢太平。此处是反语。堡堠：用以防御和瞭望敌情的土堡。

⑧鬼雄：鬼中之豪杰。是对死于国事的战士的褒称。

图书在版编目（CIP）数据

古代游赏诗词三百首 / 萧少卿编著.— 北京：中国国际广播出版社，
2014.9（2019.6重印）
（中华好诗词主题阅读丛书）
ISBN 978-7-5078-3723-0

Ⅰ.①古… Ⅱ.①萧… Ⅲ.①古典诗歌－诗集－中国 Ⅳ.①I222

中国版本图书馆CIP数据核字（2014）第088127号

古代游赏诗词三百首

编　　著	萧少卿
责任编辑	廖小芳　张淑卫　张娟平
版式设计	国广设计室
责任校对	徐秀英
出版发行	中国国际广播出版社（83139469　83139489 [传真]）
社　　址	北京市西城区天宁寺前街2号北院A座一层
	邮编：100055
网　　址	www.chirp.com.cn
经　　销	新华书店
印　　刷	香河利华文化发展有限公司
开　　本	640×940　1/16
字　　数	180千字
印　　张	20
版　　次	2014 年 9 月　北京第一版
印　　次	2019 年 6 月　第二次印刷
定　　价	40.00元